Copyright © 2025 Thamires Marinho. Todos os direitos reservados.

Todos os direitos desta publicação são reservados à Vida Melhor Editora Ltda. Nenhuma parte desta obra pode ser apropriada e estocada em sistema de banco de dados ou processo similar, em qualquer forma ou meio, seja eletrônico, de fotocópia, gravação etc., sem a permissão dos detentores do copyright.

As citações bíblicas são da Nova Versão Internacional (NVI).

PRODUÇÃO EDITORIAL	Leonardo Dantas do Carmo
COPIDESQUE	Daniela Vilarinho
REVISÃO	Auriana Malaquias
CAPA	Isadora Zeferino
PROJETO GRÁFICO E DIAGRAMAÇÃO	Mayara Menezes

Dados Internacionais de Catalogação na Publicação (CIP)
(BENITEZ Catalogação Ass. Editorial, MS, Brasil)

M29e
1. ed. Marinho, Thamires
        Encarando a verdade / Thamires Marinho; ilustração Isadora
      Zeferino. – 1. ed. – Rio de Janeiro: Thomas Nelson Brasil, 2024.
      240 p.; 13,5 × 20,8 cm.

        ISBN 978-65-52172-08-2

        1. Adolescentes – Literatura infantojuvenil. 2. Cristianismo –
      Literatura infantojuvenil. 3. Ficção – Literatura infantojuvenil.
      I. Zeferino, Isadora. II. Título.

11-2024/39   CDD 028.5

Índice para catálogo sistemático:
1. Literatura infantojuvenil   028.5
2. Literatura juvenil   028.5

Aline Graziele Benitez – Bibliotecária – CRB-1/3129

Os pontos de vista desta obra são de responsabilidade de seus autores e colaboradores diretos, não refletindo necessariamente a posição da Thomas Nelson Brasil, da HarperCollins Christian Publishing ou de suas equipes editoriais.

Thomas Nelson Brasil é uma marca licenciada à Vida Melhor Editora LTDA. Todos os direitos reservados à Vida Melhor Editora LTDA.

Rua da Quitanda, 86, sala 601A - Centro,
Rio de Janeiro/RJ - CEP 20091-005
Tel.: (21) 3175-1030
www.thomasnelson.com.br

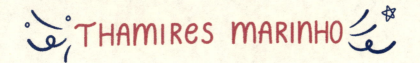

Ilustrações de
ISADORA ZEFERINO

RIO DE JANEIRO, 2025

À Verdade.

E a todos que, assim como
eu, já foram uma Mel,
ou até mesmo um Nick —
e talvez ainda sejam.

— Ai. Meu. Deeeeus! — Levei um susto com o grito histérico de uma garota.

Sentada na última carteira da sala, eu encarava a janela espelhada da escola pensando que, com toda certeza, a Catarina só podia ter a intenção de deixar minha vida mil vezes pior do que já era quando me matriculou aqui.

Até a garota gritar e me trazer de volta à realidade. Minha surpresa foi perceber que ela parecia estar vindo em minha direção. Por via das dúvidas, olhei ao redor para confirmar se era realmente comigo que ela falava, mas, antes que eu conseguisse chegar a uma conclusão, a menina já tinha arrancado minha bolsa da mesa e dava pulinhos animados.

— Onde você comprou essa bolsa? Ela ainda não está à venda no Brasil.

— Eu... é... eu — gaguejei.

— Você também foi para a Europa nas férias? — Outra garota surgiu indicando a loira que segurava a minha bolsa. — A Carol me pediu para comprar uma igual para ela lá, só que já estava esgotada. Agora sabemos quem comprou a última.

Congelei. Não podia dizer como tinha aquela bolsa. Se começasse a contar, teria que explicar toda a história. Uma pergunta levaria à outra e mais outra, até chegar em meu maior segredo. Aquele que eu não tinha coragem de contar a ninguém, muito menos no meu primeiro dia!

Na verdade, eu nem deveria estar naquela escola.

Fui criada pela minha avó Martha, a mãe da Catarina, vulgo minha "mãe". Até que vovó ficou viúva e precisou trabalhar muito para me sustentar. Nunca nos faltou nada em casa, mas também não tivemos uma vida de luxo. Estudei na mesma escola pública até o fim do Ensino Fundamental, e, por ser um lugar muito simples, minha condição financeira não foi um grande problema lá.

Quando soube que minha genitora tinha oferecido dinheiro para me matricular em uma escola melhor, minha cabeça ficou uma bagunça. Pensei em recusar, não queria ter nenhuma ligação com aquela mulher, mas a vovó já não estava em condições de trabalhar e logo precisaria se aposentar.

Querendo ou não, o Colégio Cesari era um dos melhores da cidade, e estudar lá era uma ótima oportunidade. Uma chance de ser bem-sucedida e dar uma velhice mais confortável para a minha avó. Além disso, poderia tentar fazer novos amigos, já que iria para um lugar onde ninguém saberia quem eu sou.

Por esses motivos, estava decidida a dar um novo rumo para a minha vida. Até porque uma nova escola também era uma chance de recomeçar, e eu não podia perder a oportunidade de fazer tudo diferente.

E, então, as duas garotas me encaravam, à espera de uma resposta.

— Aham, claro — falei como se não fosse grande coisa. — Voltei de lá semana passada.

Era para ser uma piada, dessas que você conta para desviar da conversa e a pessoa perceber na hora a ironia e deixar o assunto de lado, mas os olhos das meninas brilharam e, em resposta, meu coração se aqueceu.

Pela primeira vez na vida eu me senti admirada. Uma sensação fascinante de estar no topo do mundo.

E daí que era mentira?

Decidida, ajeitei-me na cadeira e assumi uma postura confiante, até um pouco soberba, ao selar o meu destino com a próxima mentira.

— Mas essa nem foi a melhor coisa que eu comprei — continuei, pensando em tudo que Catarina tinha me dado. — Vocês deviam ver os sapatos.

Depois disso, não consegui mais parar.

Pode até parecer um clichê ruim, mas eu sempre fui a garota no fundo da sala, e fazer amigos nunca foi uma tarefa fácil para mim.

Aos oito anos, conheci a única amiga que já tive. Alice, uma menina gordinha e desengonçada, tão esquisita quanto eu. Sabe aquela coisa de "os rejeitados se ajudam"? Foi assim que acabamos nos unindo.

Nos tornamos inseparáveis e vivíamos uma na casa da outra. Alice foi a única pessoa a quem contei sobre o meu passado e a vergonha que sentia da minha história de vida. Tragicamente, sua família se mudou para os Estados Unidos quando tínhamos dez anos e acabamos perdendo o contato.

Depois que ela foi embora, não consegui fazer novos amigos. Para ser sincera, não sei se eram as pessoas que se afastavam de mim ou se era eu que as espantava por medo de me apegar e ser abandonada de novo.

Eu só sei que estava cansada disso e não repetiria o mesmo erro nesta escola.

— Eu sou a Carol, e ela é a Isabel. — A garota apontou para a outra ao seu lado, de cabelos longos e pretos. — E você?

Carol me encarou com olhos azuis cristalinos, brincando com uma mecha do seu estiloso cabelo chanel, o qual ressaltava as sardas fofas em suas bochechas.

— Melissa — respondi, sorrindo —, mas pode me chamar de Mel.

— Todo mundo me chama de Isa — disse Isabel, entredentes, com os olhos perfurando a amiga.

— Ela fica irritada, porque acha que o nome dela é de vovó — Carol mostrou a língua e torceu o nariz empinado.

De primeira, pensei que o seu nariz era fruto de uma rinoplastia muito bem-sucedida, contudo, nós só tínhamos uns quatorze anos, então descartei a ideia. Acho que quatorze é muito cedo para uma plástica, né? Vai saber. Gente rica costuma fazer umas coisas esquisitas.

— E por acaso você já viu alguém da nossa idade com esse nome? — Isa apertou os olhos, e os cílios enormes esconderam suas íris castanhas. Achei impressionante como, mesmo fazendo careta, os traços fortes de seu rosto a deixavam ainda tão bonita quanto Carol.

Avaliei a aparência das meninas enquanto discutiam na minha frente e fui obrigada a conter — ou, pelo menos, tentar — a pequena pontada de inveja que começou a emergir do meu interior. Não me achava feia. Na verdade, desde o ano anterior, algo havia acontecido em meu rosto e eu tinha mudado bastante, mas não a ponto de alcançar a autoestima que aquelas duas pareciam ter.

— Não lembro, mas isso não importa. — Carol se virou para mim e pegou minha bolsa de novo. — O que eu quero mesmo saber é quando você vai me emprestar essa belezinha aqui.

Fiquei ainda mais surpresa quando as duas se sentaram nas carteiras próximas à minha e começaram a puxar todo tipo de assunto.

E foi assim que tudo começou.

Senti um alívio por não ter me desfeito das coisas que Catarina havia me enviado, como roupas de luxo e um celular novo. Eu até tinha cogitado doar tudo, mas acabou que os presentes foram fundamentais para não passar vergonha no Cesari, o colégio mais chique na região. Eu era claramente uma menina pobre brincando de ser rica, não pertencia àquele lugar, mas parecia que as duas garotas não tinham percebido.

Para continuar a me encaixar, precisei esconder a minha realidade e me moldar ao que todos esperavam de mim. Todas as vezes que tentava falar sobre algo de que realmente gostava, como meus filmes ou livros preferidos, Isa e Carol me olhavam como se eu fosse um ET, então soterrei a verdadeira Mel com as inúmeras mentiras que inventei.

Dois anos depois, tornei-me uma espécie de líder, não só para as minhas duas amigas, mas para o colégio inteiro.

No início, a sensação era ótima e parecia inofensiva, afinal, eu só queria ter amigos, e aquilo aparentemente estava funcionando. Mas, para ser sincera, confesso que viver uma mentira se revelou cada vez mais sufocante.

A real Melissa não desapareceu completamente, eu só a enterrei em um profundo abismo e coloquei em seu lugar a minha personagem perfeita.

Agora, não sei mais como tirá-la de lá.

Capítulo 1

PRINCESA PORCA

Snif! Snif!

Enxugo as lágrimas em meu pijama preferido. É verdade que ele está um pouco surrado, só que qualquer um sabe que quanto mais velho, mais confortável. Minha avó diz que eu tenho um gosto bem duvidoso, mas quem nesse mundo não adoraria essa estampa verde neon com monstrinhos de um olho só?!

Voltando ao motivo das minhas lágrimas. Acabei de assistir à minha comédia romântica preferida. Eu sei que *De repente 30* é um filme antigo, só que a ideia de poder voltar no tempo e fazer tudo diferente mexe comigo. Além disso, eu também amo um bom e velho *friends to lovers*.

Sento-me na cama e olho ao redor. Acho que não saio desse quarto há semanas e, para ser sincera, não sei o que está em piores condições nessas férias: eu ou ele.

O armário transborda de roupas, criando uma espécie de cachoeira da moda que segue seu fluxo ao se juntar às outras peças espalhadas, tanto limpas quanto sujas, e agora eu nem consigo mais enxergar o que deveria ser o chão. As embalagens de salgadinhos e doces são como os peixes da cachoeira.

O resto de alguma coisa que creio um dia já ter sido comestível se decompõe na mesa de cabeceira. A cereja do bolo são os pôsteres dos meus filmes favoritos colados nas paredes e pilhas e mais pilhas de livros variados, principalmente romances, jogados por todos os lados.

Dizer que o lugar está bagunçado seria um elogio.

Mesmo com o caos, esse é o Santuário da Melissa, o único lugar onde posso ser eu mesma, sem julgamentos e, o mais importante, sem mentiras.

Desbravo a selva em direção ao banheiro para tomar um banho rápido (porque a situação já passou de crítica) e tomo um susto ao ver o meu reflexo no espelho.

Normalmente, sou bem bonita. Meu rosto simétrico se encaixa ao meu tom de pele. O cabelo volumoso e escuro constrói uma bela moldura, criando o contraste perfeito. Mas isso tudo está em algum lugar debaixo desse ogro que parece ter se apossado do meu corpo.

Encaro o espelho com mais atenção. O pijama sujo é a prova de que comi o conteúdo de todas as embalagens espalhadas pelo chão. O canto da minha boca ainda está com resquícios do último chocolate acrescentado à vasta pilha de lixo. Meu cabelo está tão embolado que não tenho coragem sequer de pensar em quanto tempo vai levar para desfazer todos os nós dele.

O pior é que eu nem ligo. Até porque, nas férias, o meu lema é: quem precisa de escova? Apesar disso, não consigo deixar de imaginar que uma psicóloga me olharia e diria: "Todo esse caos é a materialização do seu estado de espírito." Ou seja, uma completa desordem.

Meu telefone apita, acordando-me do meu devaneio e me levando de volta à realidade. Na verdade, a notificação vem de uma outra espécie de realidade, tão falsa quanto o filme que acabei de assistir. Alguém curtiu meu último *post*, uma foto da minha suposta viagem de férias a Nova York. Prendo a respiração e abro os comentários.

Solto o ar em uma risada engasgada. Meu perfil está cheio de imagens genéricas dos pontos turísticos de Nova York. A foto em questão é da Times Square, supermovimentada, como sempre, com pessoas indo e vindo de todos os lados.

Só que eu não apareço nela.

E nem em qualquer outra.

Em todas as minhas "viagens", pego as fotos na internet e faço algumas edições antes de postar. Uma vez, tentei me colocar na imagem, mas as minhas habilidades no Photoshop são um tanto questionáveis. Então me limitei a mostrar somente as paisagens. Mesmo assim, ninguém desconfia. Todo mundo tem certeza de que eu sou podre de rica, então, como eles mesmos dizem, as fotos são superconceituais. Afinal, quem é rico não precisa provar nada.

Comentários

@re.grazi 12 min · ♥

Queria ser rica assim e passar minhas
férias em NY também.

Responder

♥
2

@sophiabaroni 5 min · ♥

ARRASOOU, GATAAA!!

Responder

♥
4

@anabelbiscoito_ 28 seg

Mais uma viagem pra fazer a gente
morrer de inveja! Na próxima, me leva!

Responder

♡

Adicionar um comentário...

— Mel! — Quase derrubo o celular no vaso. — Vem jantar! — O banho vai ter que ficar para depois.

Largo o celular na cama e vou em direção à sua voz, seguindo o cheiro delicioso que está no ar. Ando pelo corredor da minha pequena casa de dois quartos até chegar na sala. O lugar é bem simples, com um certo ar antigo.

A sala é composta por móveis de madeira e quadros com frutas esquisitas e sombrias cujo conceito eu nunca entendi, além de porta-retratos com várias gerações da família Andrade até chegar em mim. No canto, há uma cristaleira com jogos de louça que nunca são usados, mas que a vovó limpa com uma frequência desnecessária. Não poderiam faltar tapetes de crochê e a clássica manta em cima do sofá estampado. Tudo na casa é muito acolhedor e humilde. Não experimentamos nem um pouco do luxo no qual todos acham que eu vivo.

— O cheiro tá ótimo, vó — Afasto os fios brancos do seu cabelo curto e dou um beijo em sua bochecha enrugada.

Ela me analisa dos pés à cabeça e faz uma careta.

— Você brigou com a lixeira?

— Sim. — Dou uma voltinha — E parece que perdi.

A vovó ri e vai para a cozinha. Ela fica lá por alguns instantes, enquanto eu termino de arrumar os pratos, e volta apressada segurando uma travessa fumegante.

— Lasanha à bolonhesa. — Ela larga a comida na mesa e sacode as mãos. — Sua preferida.

Isso merece a minha dancinha da felicidade. Fecho os punhos e dobro os braços em formato de asas.

Flexiono os joelhos e remexo os quadris de um lado para o outro enquanto lambo os beiços. Só paro quando minha avó cai no riso.

— Sua boba. — Ela me dá um empurrãozinho.

Nós duas nos sentamos à mesa e ela me serve um pedaço generoso da lasanha.

— Usei o queijo que a gente trouxe lá do sítio do meu irmão — diz enquanto o queijo derretido é repuxado até o meu prato.

— Tenho que admitir que ele é uma delícia. — Dou o braço a torcer. — Mas, vó, a gente pode, por favor, passar as férias em um lugar diferente ano que vem, só para variar? — cruzo as mãos e faço um beicinho.

— Você sabe que eu queria ter dinheiro para isso, Mel, mas a minha aposentadoria só é suficiente para levar nós duas até o sítio, e a senhorita não quer aceitar mais nada da sua mãe além da mensalidade da sua escola.

No mesmo instante, minha mandíbula se contrai e me arrependo de ter tocado no assunto, já que isso a fez falar dessa mulher. Sinto um nó no estômago sempre que Catarina é mencionada. Não sei se é raiva ou outra coisa, mas a sensação só piora quando o passado me vem à mente.

Quando me formei no Fundamental 1, minha avó me chamou para ter uma conversa séria. Ela disse que minha genitora tinha se oferecido para pagar um colégio particular para mim. Relutei até chegar ao Ensino Médio e entender que precisaria cuidar da vovó algum dia, mas, mesmo aceitando a proposta, prometi a mim

mesma e à minha avó que só aceitaria o suficiente para pagar a escola, nada mais.

Viajar não se encaixa nessa categoria, e o meu orgulho jamais me permitiria pedir dinheiro para curtir as férias.

Então o único lugar ao qual conseguimos ir é o sítio do meu tio-avô, Agenor. É um daqueles lugares bem rústicos, com portões e cercas de madeira, além de pequenas plantações orgânicas e animais de pequeno e grande porte. Agenor tem uma produção própria de queijos artesanais feitos do leite das vacas que ele mesmo cria.

Antigamente, eu não costumava achar tão ruim ir para lá, até me divertia ao cuidar dos bichos, andar a cavalo e comer comida fresca, só que, como esse passou a ser o único destino das nossas férias e feriados, ir ao sítio se tornou algo monótono.

— E aquele menino que ficou correndo atrás de você lá no sítio? — Vovó me traz de volta ao presente com a pior das perguntas. — Não aconteceu nada?

Ela franze a testa, provavelmente porque a minha expressão é de puro nojo. Em nossa última viagem, passamos dez dias no sítio, e o Paulo, o tal menino, ficou na minha cola por pelo menos nove dias e meio. Ele tem uns dezoito anos e é alto — não um alto charmoso, mas sim desengonçado. Parecia que o menino ia desmontar a qualquer momento. Além disso, é filho do caseiro. Não que eu tenha problemas com isso, afinal, não sou da realeza. Só acho que ser criado naquele ambiente meio "rústico" pode ter deixado ele um tanto bruto. E juro que até estou sendo generosa.

No pouco tempo que convivemos, Paulo teve a audácia de me tratar como tratava as porcas do chiqueiro. É sério! No primeiro dia, eu o vi escovando uma das porcas enquanto a chamava de princesa. No dia seguinte, usou o mesmo tom para *me* chamar de princesa. Dá para acreditar?

Mesmo que eu já tivesse beijado mil garotos, a possibilidade de ter qualquer envolvimento com ele estava totalmente fora de cogitação. Imagina se eu o deixaria ficar marcado em minha memória para o resto da vida como o primeiro menino que beijei.

— Pelo amor de Deus, vó! Aquele garoto era... — Enfio uma garfada na boca. — Não vou nem dizer, para não ofender. Se for para beijar qualquer um, eu escolho algum tosco na escola mesmo, pelo menos eles não vão me igualar a uma porca.

Minha avó quase se engasga com a lasanha quando ri. Tento manter a seriedade, mas não aguento e caio no riso junto.

— Falando nisso — ela comenta depois de recuperarmos o fôlego. — Animada pro primeiro dia do seu último ano?

Qualquer resquício da risada some instantaneamente. Estou em negação, porque hoje é o meu último dia de férias. O problema não é voltar a estudar. Eu amo estudar, essa é a parte mais fácil do Ensino Médio. O real motivo desse meu abatimento é ter que voltar à minha personagem.

— Não muito. — Descanso a cabeça no punho. — É muito cansativo ser a Melissa da escola.

Assim que termino a frase, desejo ter um controle remoto mágico para voltar no tempo e engolir o que acabou de sair da minha boca, mas já é tarde demais. A vovó já está com aquele olhar flamejante de reprovação e se prepara para o sermão.

— Eu já cansei de falar para você parar com essa bobagem de ficar mentindo para todo mundo.

— Não é bobagem, vó. — Suspiro.

— Já, já isso vai desandar. Mentira tem perna curta, Melissa. E logo alguém vai acabar descobrindo. Escuta o que eu tô te falando.

— Mas, vó, a senhora não sabe como são as coisas lá. — Dou de ombros. — É mais fácil assim.

— Eu entendo, sim, os seus motivos, só não acho que essa seja mesmo a solução mais fácil. Até porque eu aposto que você teria muitos amigos se fosse você mesma e parasse com essa palhaçada.

— Como se isso tivesse funcionado antes — rebato e me levanto.

Não estou nem um pouco a fim de ouvir o extenso sermão que acabou de começar, então volto para o meu quarto. Sei que é desrespeitoso da minha parte deixar minha avó falando sozinha, mas não é como se morássemos em uma mansão. Infelizmente, ainda dá para ouvi-la do quarto, através da porta fechada.

— Fora que cuidei muito bem de você nos últimos anos — diz, e eu reviro os olhos. — Te dei muito amor e carinho, e tratei você como minha própria filha!

Já conheço esse sermão de cor e salteado, não aguento mais. Eu amo a vovó, mas sei que nunca vai entender de verdade os motivos que me levam a viver essa mentira. Na real, acho que nem eu entendo bem.

Logicamente, a dona Martha não deveria saber sobre a minha vida dupla, esconder isso dela fazia parte dos meus planos. Só que, por ironia do destino, tudo foi por água abaixo.

Ano passado, nós duas estávamos andando pelo nosso bairro quando uma colega da escola passou pela rua, fazendo sabe Deus o quê — afinal, ninguém de lá frequentaria essa vizinhança. Entrei em pânico, já que estava em meu modo ogra e ainda carregava um monte de sacolas de mercado.

Escondi-me o mais rápido possível, assustando a vovó. Depois de ela fazer um milhão de perguntas, tive que explicar situação toda, a começar pelo dia em que conheci a Carol e a Isa.

Poderia ter mentido para ela também, só que, mesmo que eu faça isso com todos no Cesari, não consigo fazer o mesmo com a vovó. Até porque aquela lá sempre sabe quando estou mentindo, parece até um superpoder. Antes desse dia, eu só precisava omitir e nunca tocar no assunto, então era mais fácil esconder algo.

Paro de ouvir a voz da vovó e agora só ouço o barulho da louça sendo lavada. Dou uma catada básica em todo o lixo do meu quarto, guardo a maior parte das minhas roupas espalhadas e escolho uma das mochilas que Catarina me enviou esse ano, um lançamento

Prada. Bem bonita, mas um pouco exagerada, cheia de bolsos e cristais incrustados.

Com tudo o que eu preciso já arrumado, tomo um banho e me preparo para dormir. Ou pelo menos tentar.

Fito minha cama e meu coração acelera o ritmo. Desde o dia em que contei minha primeira mentira, há dois anos, não tive mais paz. Saber que posso ser desmascarada por qualquer pequeno deslize me perturba tanto que passo a noite imaginando um milhão de cenários catastróficos.

Deito-me e começo a minha odisseia. Fecho os olhos e minutos depois já estou rolando de um lado para o outro. Olho para o relógio na mesa de cabeceira.

0h34.

Continuo me revirando na cama enquanto as horas passam.

1h47.

2h21.

3h49.

Viro-me mais uma vez.

TRIIIIIIIM.

Sem abrir os olhos, tateio minha mesa de cabeceira em busca do meu despertador e, assim que o encontro, arremesso o objeto o mais longe que consigo. É por dias assim que não coloco meu celular para despertar. O pobre do relógio só não quebra porque cai em uma pilha de roupa suja que ainda está no chão.

Meto o travesseiro na cara e abafo um grito. Não aguento mais essa maldita insônia! Mal preguei os olhos e já são seis da manhã.

Eu me forço a sair da cama igual a um sorvete derretido escorrendo da casquinha e me arrasto até o banheiro para começar a minha rotina.

Preciso piscar algumas vezes para conseguir enxergar meu reflexo no espelho. Como ontem, eu me assusto ao ver que minha aparência alcançou a proeza de estar pior ainda. Agora, como resultado da noite mal dormida, ganhei um par de repolhos roxos debaixo dos olhos.

Logo começo a minha mágica e, um pouco mais de uma hora depois, sou outra pessoa.

O pijama esquisito dá lugar a um shortinho *jeans* de cintura alta, ajustado com um cinto e um body preto tão apertado que, junto ao short, marca todas as curvas que ganhei na puberdade.

Confesso que me sinto um pouco desconfortável com tudo tão colado. Nada está exposto, mas a sensação é de estar quase nua. Então decido colocar uma camisa amarela, comprida e soltinha por cima. Claro que não podia faltar meu tênis branco preferido. Pelo menos uma coisa desse *look* realmente me agrada.

Dou um jeito de sumir com o embolo do meu cabelo e deixá-lo impecável, digno de qualquer tutorial de cabelo da internet. Meus cachos estão alinhados em um coquinho alto no topo da cabeça, com o restante caindo pelos ombros.

As olheiras foram cobertas por uma maquiagem meio pesada para um dia normal na escola e também fiz o meu delineado perfeitamente simétrico (motivo de inveja para todas as meninas da escola), realçando o tom âmbar dos meus olhos.

Dou uma última conferida no visual e fico muito satisfeita com o que vejo. Tudo perfeito, como manda o figurino. Se eu pudesse, usaria algo mais confortável, mas essa não é uma opção.

Olho o relógio. Droga! Estou em cima da hora.

Procuro minha mochila no meio da zona de guerra que chamo de quarto e a jogo nas costas antes de sair correndo.

Está na hora de encarar outro tipo de batalha.

Capítulo 2

O BELO E A FERA

Mais uma vez, paro em frente à fachada moderna e espelhada do Colégio Cesari. É um dos melhores colégios da cidade e, consequentemente, também um dos mais caros. Ainda não sei como sobrevivi aos últimos dois anos nesse lugar.

Na verdade, eu sei, sim. É que toda vez que coloco os pés na calçada da escola faço uma metamorfose, tudo em mim se transforma. Encarno a minha personagem como se a minha vida dependesse disso. Bom, para mim, ela meio que depende mesmo. Até porque, criei esse papel só para conseguir enfrentar essa zona de guerra camuflada de escola.

Como não tenho carro e muito menos motorista particular para me trazer, vim de ônibus. É lógico que eu não desço no ponto perto do portão, senão seria desmascarada na hora. Sempre desço num ponto mais distante, nos fundos do prédio, e atravesso algumas ruas, disfarçando para conseguir me infiltrar no estacionamento lateral e fingir que meu motorista me deixou ali.

Paro em um canto, tiro o celular do bolso e abro a câmera frontal. Ufa! O estrago não foi tão grande. Seco as gotinhas de suor que se formaram no meu rosto, pego meu pó translúcido na bolsa e retoco minha maquiagem. Uma última checagem na roupa para ver se está tudo no lugar. E pronto. Em um segundo, estou perfeita novamente.

Não tem entrada pela lateral e a única porta é na frente do colégio, então ainda precisei caminhar até o calçadão interno, que é onde estou parada agora, pronta para a minha mutação. Arrumo minha postura, ergo o queixo e respiro fundo.

E a encenação começa.

Caminho até a porta principal e a abro. Levo apenas dois segundos para me acostumar à zona lá dentro e entro com uma confiança avassaladora estampada no rosto, típica da Melissa perfeita. Instantaneamente, todos os alunos fixam os olhos em mim. Reconheço esse olhar e aposto que a maioria deles estava me esperando. Sei que a admiração que vejo em seus rostos não é direcionada ao meu eu verdadeiro, e sim à falsa Melissa, e preciso me esforçar para não contrair todos os músculos do meu corpo. O nó em meu estômago se aperta ainda mais quando percebo os olhares de inveja lançados em minha direção. Eles não se sentiriam assim se soubessem a história toda.

Sigo pelo corredor enquanto aceno para os meus colegas. Todos retribuem o cumprimento felizes, dando pulinhos empolgados como quando uma celebridade dá atenção aos fãs.

— Bom dia, rainha acessível! — grita uma menina com aparelho nos dentes.

— Como foram as férias? — pergunta a garota ao lado dela.

— Incríveis — minto, com um sorriso, e continuo meu caminho.

Antes de ir para a sala, resolvo passar no banheiro para dar mais uma conferida na imagem. Não posso correr o risco de deixar algo fora do lugar. Na frente do espelho, aproveito para pegar meu perfume na bolsa e espirro o primeiro jato.

— E aí, amiga? — Carol surge do nada, e minhas habilidades de equilíbrio são testadas para evitar que o frasco encontre o chão.

— Disseram para mim que uma nova-iorquina nos deu a honra de utilizar o banheiro da nossa humilde escola — brinca Isa, com ar pomposo.

Isa e Carol estão encostadas no batente da porta do banheiro. Não parecem estar forçando uma pose, mas a cena é quase um editorial de moda conceitual, desses que as modelos fazem em lugares não muito convencionais, tipo mercados, lixões e, nesse caso, banheiros.

Quando as conheci, já eram lindas, porém, aos dezesseis, elas se tornaram beldades. Sozinhas, já chamamos muita atenção. Juntas, como diria minha avó, somos um trio de matar.

— Meninas! — grito, com uma animação forçada. Estremeço ao ouvir o tom de voz anasalado e esnobe

29

que às vezes uso para combinar com a personagem. — Eu morri de saudade de vocês. — Não é mentira, talvez só uma meia verdade.

Gosto das minhas amigas, até porque são as únicas que tenho em muitos anos. Mas todo o pacote que vem com elas é exaustivo. Preciso fingir ter os mesmos gostos que elas e vivo com medo de perceberem algo estranho. Além disso, há um pensamento incômodo que não sai da minha cabeça: será que seríamos amigas se eu não sustentasse essas mentiras? Acho improvável.

Carol e Isa são apenas uma parte da minha vida falsa. O que me conforta um pouco e impede que me sinta tão mal em usar as duas é o fato de saber que, de certa forma, elas também me usam.

As duas garotas correm em minha direção e eu abro os braços para recebê-las. Abraçadas, começamos a girar e dar pulinhos animados.

— Amiga, conta tu-do — exige Carol.

— Não. Espera. — Isa pega minha mão e me força a dar uma voltinha. — Você está maravilhosa! Nova York te fez muito bem.

Tenho que conter o riso e a vontade de dizer: "Acho que o que me fez bem foi o banho de lama que tomei no chiqueiro do tio-avô." Em vez disso, só finjo costume e jogo os cabelos para trás.

— Huum. Por onde começo? — Quase começo a falar sobre a falsa viagem de férias, mas o sinal toca. — Prometo que conto tudo no intervalo, meninas. Agora, vamos, senão a gente vai se atrasar logo no primeiro dia.

— Sua *nerd* — Carol brinca, enquanto a empurro pelo corredor.

A sala não está muito cheia, então conseguimos decidir nossos lugares com calma. Escolho uma cadeira disponível na frente e as meninas me acompanham a contragosto. Prezo muito pela minha educação, até porque só aceitei estudar aqui para poder dar conforto à minha avó no futuro. Não posso me dar ao luxo de não ligar para as aulas.

— Bom dia, linda. — Diego, namorado de Isa, aparece, puxando-a para um beijo que beira o indecente.

Diego é muito bonito, ao ponto de até fazer uns trabalhos como modelo. Alto, pele bronzeada de tanto surfar e com um tanquinho trincado, ele é o sonho de consumo de quase todas as garotas da escola. Isso mesmo, não só era, como ainda é. O assédio não parou, mesmo depois de os dois anunciarem o namoro. Só que ela não parece se importar, pelo contrário, acho que adora esse fato.

— Arrumem um quarto! — Carol e eu soltamos, quase ao mesmo tempo.

— Invejosas — Isa rebate e damos risada.

Mais pessoas chegam enquanto termino de arrumar minhas coisas na mesa. Eu me viro para falar com Isa, mas a atenção dela está em algum lugar no fundo da sala. Sigo o olhar dela para descobrir o que a deixou tão concentrada.

— Quem são aqueles? — pergunta Carol, acompanhando nós duas.

Lá no fundo, na última cadeira, está sentado um garoto que nunca vi antes, indiferente e alheio a tudo e a todos ao seu redor, concentrado em seu livro. Meu Deus, ele é lindo e tem pernas compridas, então deve ser alto. Seu cabelo escuro, numa mistura de liso com cacheado, forma uma "bagunça arrumada". Não há um único fio no lugar certo, mas todo o conjunto é perfeito.

Só que não é o seu físico que chama minha atenção (quer dizer, não só isso). Tem algo nele que me atrai, algo bom que, só de olhar, me acalma. Não sei o que poderia ser, mas é como se alguma coisa me puxasse e me fizesse desejar estar perto dele. Não é tipo amor à primeira vista, nem nada assim. É mais como...

Sinto um frio na espinha e outra coisa atrai meu foco. Na sua frente, há uma garota que passaria completamente despercebida se não fosse o contraste com o galã atrás dela.

O cabelo castanho-claro da menina quase lembra o meu estado hoje de manhã. Parece até que ela tentou dar um jeito e só acabou piorando a situação. A calça de moletom folgada e a camisa de um tom azul desbotado e surrado com a frase "acordei e não recomendo" estampada nela, não melhoram a situação. Para finalizar o *look* estilo "peguei a primeira coisa que vi no armário", a cereja do bolo: um par de Crocs.

Como se isso não bastasse, para completar a bizarrice, a garota me encara de um jeito muito esquisito. Por que ela está me olhando assim? Estou acostumada a ter várias pessoas me observando, mas esse olhar é diferente.

— Meu Deus — Carol se anima, tirando-me dos meus pensamentos. — Ele é um gato!

— Será que é solteiro? — indaga Isa, arqueando uma sobrancelha.

— Vamos descobrir. — Carol se levanta, puxando-nos, Isa e eu, pelo braço até o novato.

Vou literalmente arrastada o caminho inteiro. Apesar da minha fama, morro de vergonha quando falo com garotos. Imagina com aquele ali.

Ele não parece perceber nossa movimentação. Mesmo agora, com as três paradas em sua frente, não se mexe nem um centímetro.

— E aí? — Isa quebra o silêncio, como se eles fossem velhos amigos se reencontrando. — Gostando da escola?

Ainda sem se mexer, o menino apenas levanta o olhar em nossa direção com cara de quem não queria ter sido interrompido.

Sou atingida em cheio quando vejo os olhos dele. Fico completamente hipnotizada. Não pela cor escura, mas porque eles são...

Paz.

É isso!

Esses olhos são pura paz.

Sinto uma enorme vontade de chegar mais perto e absorver essa energia que ele emana. Sem perceber, como se algo estivesse mesmo me puxando, dou um pequeno passo para frente.

— Tá falando comigo? — o tom, nada amigável, da sua voz me tira do transe.

No que eu estava pensando?

Examino as expressões de todos e, por sorte, nin-guém parece ter notado.

— Sim — responde Isa, animadamente, sem se importar com a hostilidade do garoto.

— É uma escola normal. — A expressão apática não muda.

— E das garotas? — Isa se abaixa um pouco e apoia as mãos na mesa dele. — Você gostou?

— Nem reparei. — As sobrancelhas dele se jun-tam. — Tem como vocês me darem licença?

Ainda estou tão nervosa com o que ele me causa que prefiro assistir à cena sem me envolver. Tento me acalmar, reparando nas outras pessoas ao redor, mas a situação só piora, porque a novata ainda está com os olhos cravados em mim. Queria ter o poder de me desintegrar e desaparecer daqui.

Sem esperar pela nossa resposta, o garoto ergue um pouco o livro em suas mãos e se vira para o outro lado, dando as costas para nós três. Com o movimento, consigo ver que as páginas do livro estão cobertas de marcações em cores diferentes e anotações por todo lado. A aparência de livro gasto, mas não velho, dá a impressão de que já foi lido várias vezes. Quando ele vira a página, tenho um vislumbre do que está escrito na capa.

Bíblia Sagrada.

Por que ele está lendo uma Bíblia na escola?

Nunca vi ninguém, muito menos da nossa idade, lendo uma Bíblia. Continuo pensando naquela cena, mesmo enquanto sou puxada por Carol de volta para o meu lugar.

Será que os pais o obrigam? Acho que não. Não teria motivos para ler aqui se esse fosse o caso.

— Quem ele pensa que é para tratar a gente assim? — Carol estoura, largando-se em sua carteira.

— Né? Mas quer saber? Tô nem aí. — Isa cruza os braços. — Meu namorado é muito mais gato que ele.

Não consigo prestar muita atenção nas meninas, porque sigo com o lance da Bíblia na cabeça, e ainda faço a besteira de conferir a novata mais uma vez.

Ah, qual é?! Por que ela não para de me encarar desse jeito?

Deve ser coisa da minha cabeça. Viro-me para minhas amigas, mas ainda consigo ver a menina esquisita com minha visão periférica, então vejo quando ela se vira para o garoto magnético atrás dela.

— Parabéns, Nicholas. — Bate lentas palmas sarcásticas em frente ao rosto dele, que afasta as mãos dela com um leve empurrão. — Você acabou de perder todas as chances de fazer qualquer amizade nesse colégio.

O quê? Eles se conhecem?

Não aguento a curiosidade e me viro para ver como ele reage ao sarcasmo dela.

Nem um pouco abalado. Muito pelo contrário, apenas a olha com aquela mesma expressão apática de antes.

— Não ligo — diz. Em seguida, levanta a Bíblia e a balança bem próximo ao rosto da garota. — Já tenho tudo o que eu preciso — completa, com um sorrisinho falso.

A novata revira os olhos enquanto gira para a frente novamente. Felizmente, fui mais rápida e me virei bem a tempo de disfarçar e me livrar de ser pega bisbilhotando a conversa dos dois.

Poucos minutos depois, o professor entra na sala e inicia a aula. Preciso ignorar os últimos acontecimentos e me concentrar. Até porque os estudos são a única coisa na minha vida da qual consigo ter pleno controle.

A princípio, esse fato chegou a ameaçar a minha personagem, pois algumas pessoas achavam impossível uma garota como eu ser uma disciplinada estudante. Pela fama que tenho, não teria como arrumar tempo para estudar. Então, mais um boato surgiu.

"Ela só precisa ouvir o professor falar uma vez que tudo fica gravado naquele HD que ela chama de cérebro."

"Ela deve ser uma gênia superdotada, com o QI muito acima da média."

Para o meu alívio, chegaram a essa conclusão maluca que me permitiu continuar com minhas boas notas. E o bom é fiquei ainda mais perfeita aos olhos deles. Mal sabem que vou bem nas provas porque tenho muito tempo livre e estudo tanto que, às vezes, acho que vai sair fumaça pelos meus ouvidos.

Anoto absolutamente tudo e o meu caderno é cheio de cores, esquemas, *post-its* colados por todo canto e caligrafia perfeita. Às vezes, até me arrisco no *lettering*. Muita gente faz fila para fazer uma cópia do meu material. Respondo às perguntas mais difíceis que ninguém consegue e, como dizem, ainda tenho a bondade de tirar um tempo para ajudar com as dúvidas dos colegas.

Os professores me elogiam e a diretora me considera uma aluna-modelo. Eu realmente gosto de estudar, e esse é o único momento em que posso ser eu mesma aqui no Cesari, por isso é a única coisa da qual não consigo abrir mão.

Será que todos amariam tanto esse meu lado se eu não fosse a Melissa popular e rica? Ou eu só seria uma *nerd* invisível?

Não pretendo pagar para ver.

Capítulo 3

APESAR DOS BENEFÍCIOS

Após algumas horas, o sinal toca, anunciando a hora do intervalo. O som do alarme ainda soa alto quando Isa e Carol se reúnem ao meu redor.

— Pronto, intervalo. — Carol arranca a caneta da minha mão e fecha meu caderno, interrompendo minha anotação sobre a aula de Biologia. — Agora você não me escapa. Conta tudo.

Faço um beicinho enquanto tento agarrar o caderno de volta, mas ela o afasta o suficiente para que eu não o alcance. O que resta é pegar meu celular e abrir a câmera traseira. Dou língua para as duas e tiro uma foto do quadro.

— Tá, bom, tá bom. Pronto. Vou contar. — Rendida, ajeito-me na cadeira e faço um esforço para parecer o mais empolgada possível. — A viagem foi ótima e fiquei muito feliz de rever meus pais. Eles finalmente conseguiram umas férias do consulado pra gente ir junto para Nova York.

Quando nos conhecemos, contei para as duas (que espalharam para a escola toda) que meus pais são diplomatas em missão em Guiné-Bissau, no continente africano. Ninguém nunca questionou, porque essa é a mentira perfeita. Diplomatas são reservados e ganham muito dinheiro, ainda mais em países subdesenvolvidos, o que explicaria eu ser tão rica e ter optado por continuar vivendo no Brasil. Outro fator é que essa é uma profissão tão específica e difícil de confirmar, que a probabilidade de alguém pesquisar é mínima.

— Conheci vários lugares legais. — Finjo pensar e conto nos dedos. — Visitei o Central Park, a Estátua da Liberdade, o Empire...

— Tá, tá, eu vi as fotos. — Isa balança uma das mãos e se aproxima. — Quero saber é dos garotos. — Ela levanta as sobrancelhas de forma sugestiva.

Ai, não. Esperava poder continuar na parte mais fácil das mentiras. Fingir que sou rica e viajada é fichinha perto de criar uma vida amorosa falsa. Mas sei que nenhuma das duas vai sossegar enquanto não der a elas uma lista infinita de aventuras.

Já ensaiei mais ou menos o que falaria caso a pergunta surgisse (e tinha certeza de que surgiria), mesmo assim, não consigo deixar de ficar sem graça por um breve momento antes de me recompor e voltar à personagem.

— É lógico que peguei vários! Tinha um menino no hotel que não parava de me seguir. Quando finalmente cedi, ele ficou implorando para namorar comigo. — Jogo os cabelos para trás do jeito mais esnobe que consigo. — Mas vocês sabem que eu não me apego.

A imagem do tosco do Paulo passa pela minha memória. Pelo menos a perseguição chata dele transformou minha história em uma meia verdade.

Carol e Isa soltam risadinhas assanhadas e parecem mais empolgadas que eu, a dona da fofoca.

— É claro que a gente sabe. Você perdeu a virgindade até mesmo antes de mim, que tenho namorado — expõe Isa, sem nenhum pudor, e arregalo meus olhos por causa da altura da sua voz.

— SHHHH... — Dou um tapa em seu braço, sentindo o rosto queimar. — Fala baixo, garota.

— Por quê? Todo o colégio já sabe mesmo. — Carol dá de ombros. — Acho que até os professores devem saber disso.

— Graças a quem, né? — Bato a caneta na testa dela e forço uma risada para entrar na onda delas.

Segundos depois, enquanto Isa conta o que fez com Diego nas férias, sinto aquele mesmo frio na espinha de mais cedo e olho para trás só para confirmar minhas suspeitas.

A novata ainda está com o olhar fixo em mim. Só que agora seus olhos não aparentam a curiosidade de antes. Parece que raios *laser* estão saindo deles e queimando minha pele. O que isso significa? Julgamento? Deboche?

Então tudo fica claro assim que a garota arqueia umas das sobrancelhas. Ela está me desafiando.

Prendo a respiração.

Eu estar sendo desafiada por uma garota que nunca vi na vida não tem lógica nenhuma.

Minha garganta começa a fechar. Não aguento mais ficar aqui e ouvir as risadas abafadas das meninas, muito menos enquanto sou fulminada por essa novata. Preciso sair daqui o mais rápido possível ou o pior pode acontecer.

Carol e Isa se sobressaltam em suas cadeiras ao me verem levantar subitamente e correr em direção à porta, esbarrando nas mesas e derrubando coisas pelo caminho.

— Ei! Aonde você vai? — ouço a Isa, mas não fico para responder.

Respira, Mel, só se concentra em respirar, repito para mim mesma.

Continuo a correr pelos corredores da escola e sinto as pontas dos meus dedos ficarem geladas. Aperto o passo tentando ignorar os olhares curiosos que me acompanham. Não sei bem para onde estou indo até encontrar a placa da biblioteca.

É o lugar perfeito.

Uma extensão enorme de estantes de livros proporciona espaços apertados e afastados nos quais ninguém me encontraria. O lugar está às moscas, afinal, é o primeiro dia de aula. Uma biblioteca isolada e silenciosa é tudo de que preciso nesse momento.

A dormência incômoda na barriga aumenta e as minhas pernas começam a formigar.

Tento segurar o choro até encontrar o espaço mais afastado possível, mas meus pulmões parecem estar grudados um no outro. Estou a ponto de explodir e, antes que as lágrimas desçam, finalmente encontro o cantinho que procuro. Meu corpo trêmulo desaba no chão.

E então as lágrimas explodem. Aperto a boca com as mãos para conter os soluços. Meus olhos começam a escurecer e eu só queria me desligar, mas infelizmente não apago.

Com o rosto molhado e a respiração instável, inspiro e expiro fundo algumas vezes antes de enterrar o rosto entre os joelhos. Não posso pensar em nada agora. Preciso limpar a mente de tudo que acabou de acontecer e me concentrar em me recompor.

Aos poucos o choro cessa e o ar começa a voltar aos meus pulmões. Meus batimentos, que antes estavam a mil por hora, vão diminuindo o ritmo.

— Imagino que seja realmente muito cansativo ter que fingir o tempo todo. — Ouço uma voz feminina vinda do alto. — Apesar dos benefícios.

Meu coração para de vez.

Capítulo 4

ENCURRALADA

Não! Não! Não! Fui flagrada. E pior, desmascarada. O que ouvi é certeiro e específico demais para ser um mal-entendido.

Respira, Mel.

Tenho uma grande suspeita sobre quem está à minha frente, mas preciso confirmar. Junto todo o resquício de coragem que me resta e levanto a cabeça.

É a novata.

Suspeita confirmada.

Agora que sei *quem* foi, preciso saber *como*.

Acho que, pela minha expressão, ela entende o que estou pensando e se encosta preguiçosamente na estante ao seu lado.

— Passei a manhã toda com a sensação de que te conhecia de algum lugar. — Ela começa a se explicar. — Demorei, mas finalmente lembrei.

Ela puxa o celular do bolso traseiro e, depois de rolar o dedo pela tela por alguns segundos, vira o aparelho na minha direção.

— Pedi para a minha mãe achar isso e me enviar.

Mesmo com a tela virada para mim, não consigo enxergar muito bem, então me levanto para analisar melhor a foto. Instantaneamente reconheço uma versão mais nova de mim, com oito ou nove anos. Ao meu lado, há uma garota gordinha, muito familiar.

Arregalo os olhos.

Espera! Eu sei quem é essa.

— Alice?! — grito, animada.

A única amiga que tive de verdade na vida está bem na minha frente.

— Não achei que fosse lembrar assim tão rápido. Tudo bem que a gente era bem amiga naquela época, mas já faz bastante tempo. — Ela dá de ombros. Acho estranha a forma como Alice fala, séria e não muito empolgada por ter me reencontrado.

— O seu pai não tinha ido abrir uma empresa no exterior? — Tento processar o que está acontecendo. — Quando foi que você voltou?

— Sim, ele abriu. A gente até se deu bem lá. Só que minha avó acabou ficando doente, então voltamos há mais ou menos uns dois meses para cuidar dela. Mas isso não vem ao caso. — Ela chacoalha as mãos ao mudar de assunto. — Que história é essa de viagem com os pais diplomatas?

Assim como eu, Alice não tinha uma condição financeira muito boa quando era criança. Por isso estudamos juntas e moramos no mesmo bairro. Como éramos muito introvertidas, ficávamos sentadas sozinhas, uma em cada canto do parquinho, durante os intervalos. Um dia, a professora viu e tentou nos aproximar, imaginando que, por sermos parecidas, íamos nos dar bem. E foi isso mesmo que aconteceu. Desse dia em diante, não nos desgrudamos mais até a sua ida para os Estados Unidos.

Agora ela está de volta. E rica, pelo visto.

Mas Alice conhece meu passado.

— Alice, você não pode contar a verdade para ninguém. Por favor. — Cruzo as mãos perto do rosto.

Ela me fita por um tempo antes de levantar uma das sobrancelhas da mesma forma que fez na sala.

— Então, quer dizer que você se tornou superpopular — diz, batendo o indicador na bochecha — mentindo para todo mundo?

— Mais ou menos — assumo, sem graça. — Não sei bem como tudo começou, mas, quando vi, já tinha virado uma bola de neve e não deu mais para voltar atrás.

— Huum — Alice caminha de um lado para o outro. — Já que é assim — ela se interrompe e eu não estou gostando do tom dela. — Vamos fazer um acordo.

— O quê? Como assim um acordo?

— Se em... — pensa um pouco — um mês você me fizer tão popular quanto você, eu guardo seu segredo. — Ela sorri como se o que acabou de falar fosse nada.

Não. Não pode ser. Só posso ter ouvido errado.

— Espera aí. — Aperto os olhos. — Você tá me chantageando?

— Eu prefiro chamar de acordo. — Levanta os ombros. — Mas chame como quiser.

O que está acontecendo aqui? Não é possível que essa pessoa de quem eu tinha lembranças tão boas esteja aqui, na minha frente, me chantageando.

— O que houve com você? Nós éramos melhores amigas! — Engulo as lágrimas. Não quero chorar na frente dela, pelo menos não outra vez.

— *Você* não é mais a mesma. Por que esperava que eu fosse? — O desdém em sua voz só piora. — Mesmo depois que fui embora, continuei a mesma excluída de sempre, enquanto você estava aqui aproveitando sua popularidade. — Ela dá um passo para a frente e afunda o indicador no meu ombro. — Você agarrou a chance quando ela surgiu e começou a mentir para todo mundo. Agora, uma oportunidade surgiu para mim também, e pretendo fazer o mesmo.

Meu queixo cai. Meu cérebro ensaiou várias saídas para o caso de alguém me desmascarar, mas nenhuma delas se aplica a essa situação. Não consegui prever, muito menos me preparar para isso.

Ela percebe que estou sem rumo, então me dá as costas e sai pelo corredor isolado, em meio às estantes abarrotadas de livros. Então para no fim dele e gira apenas meio tronco para trás.

— Vou te dar até amanhã para pensar.

Só consigo ficar parada aqui, derrotada, enquanto a vejo ir embora. Quando ela some, meu corpo desaba novamente no chão.

E agora?

Durante todo o caminho para casa, encaro a janela do ônibus sem olhar de fato para algo em especial. Tento pensar em como me livrar dessa situação e as coisas mais mirabolantes passam pela minha cabeça.

Tentar entrar em contato com alienígenas para mudar de planeta?

Absurdo demais.

Vender arte na praia?

Habilidades manuais não estão na minha lista de talentos.

Largar o colégio e arrumar um trabalho? Ou talvez ir para os Estados Unidos ser babá?

É uma possibilidade.

Pedir para ir morar com a Catarina?

Nunca! A ideia de contatar ETs é mais crível.

Por fim, chego à única opção plausível: mudar de escola.

Entro em casa quase derrubando a porta. Jogo minha mochila em qualquer lugar e me largo no sofá.

— O que foi, garota? — Sentada na outra ponta, vovó pergunta com uma das mãos no coração.

— Lembra da Alice Braga, aquela menina aqui do bairro que vivia aqui em casa quando eu era criança?

— Aquela gordinha? — comenta, depois de pensar um pouco. — A que se mudou para o exterior?

— Essa mesma. Resumindo a história, ela voltou e agora está me chantageando.

— Santo Deus, Melissa! — Ela cruza os braços. — Eu te avisei que isso não ia acabar bem.

— Vozinha linda do meu coração. — Vou me arrastando até onde ela está sentada e a abraço meio de lado. — Por favorzinho, me deixa mudar de escola?

— Tá doida, garota? — Ela empurra meus braços. — Você não inventou de mentir para todo mundo? Pois agora arque com as consequências.

Eu sabia que essa era uma luta perdida, mas não custava tentar.

Pego minha mochila do lugar em que a larguei e caminho até meu quarto, choramingando. Fico trancada o dia todo e só saio para comer. À noite, tento dormir cedo. Uma doce ilusão, é claro. Minha velha "amiga" insônia bate à porta, como sempre.

Rolando na cama, encaro o relógio e, mais uma vez, acompanho as horas passarem. Fico presa nesse ciclo, sem ter o que fazer para evitar a tortura. Quando me dou conta, já são 2h46 da manhã.

A noite vai ser longa.

Capítulo 5

SEM ESCOLHA

Minha visão embaçada vai se dissipando até eu conseguir enxergar com clareza. Aos poucos, compreendo que estou no corredor da escola. Só que eu nem me lembro de ter acordado, muito menos de me arrumar para vir até aqui.

Tudo parece diferente e estranho.

Uma espécie de neblina sombria toma conta do lugar. Ainda não consigo ver muita coisa, mas não demoro a procurar uma saída. No caminho, deparo-me com um homem e uma mulher parados, de costas para mim.

Logo os reconheço. Não sei explicar como, mas os reconheço. No fundo do meu coração, sei quem são, mesmo sem ver seus rostos.

De repente, eles começam a andar e se afastam de mim. Desesperada, tento ir atrás deles, mas não consigo dar nem um passo. É como se meus pés estivessem colados ao chão.

— Mãe! Pai! — chamo os dois, em um grito angustiante e o rosto molhado de lágrimas.

É inútil. Eles continuam a se afastar cada vez mais, até que desaparecem em meio à neblina. Quando não consigo mais vê-los, meus pés finalmente resolvem funcionar e corro atrás deles, mas alguém me agarra pelo braço e me impede de continuar.

Encaro a mão em volta do meu pulso e traço o caminho até o rosto.

Alice.

Ela levanta uma das sobrancelhas e solta uma gargalhada perturbadora. Consigo me desvencilhar dela, mas o som é tão enlouquecedor que sou obrigada a cobrir as orelhas e fechar os olhos. Minhas pernas cedem e desabo no chão.

Permaneço assim até que, depois do que parece uma eternidade, o silêncio reina, e não sinto mais a presença de Alice. Forço-me a abrir os olhos, só para descobrir que, pelo visto, isso ainda está longe de acabar. Sentada no chão, agora estou no meio de uma rodinha, com todos os meus colegas de escola, inclusive Isa e Carol. Todos me encaram, quietos.

Ainda chorando, tento me levantar para entender o que está acontecendo, mas um deles me impede. Isa e Carol apontam o dedo para mim e começam a rir. Os outros as imitam e o cenário se transforma em um coral de risadas e deboche.

É o retrato da mais pura humilhação.

Não tenho forças para mais nada. As lágrimas apenas escorrem pelas minhas bochechas enquanto meu corpo fica completamente dormente. Um por um, os adolescentes param de rir, deixam a roda e desaparecem na neblina. Quando o último vai embora, fico sozinha, e o que me resta é encarar o meu maior medo.

Acabar sozinha.

Um grito excruciante sai da minha garganta e abro os olhos, tremendo.

Meu quarto. Estou em casa, e tudo não passou de um pesadelo, um pavoroso e horripilante pesadelo que pode facilmente se tornar realidade se Alice contar a verdade para todos.

Uma realidade que impedirei a todo custo.

Assim que chego à escola, procuro por Alice e a encontro sentada na sala de aula, no mesmo lugar de ontem. Felizmente, Carol e Isa ainda não chegaram.

Tento chamar a atenção dela de forma sutil e, para o meu alívio, ela logo me nota. Alice começa a andar em minha direção e, assim que chega perto, eu saio do lugar e vou em direção à porta, torcendo para que ela deduza que deve me seguir até o corredor da biblioteca onde tudo começou.

— O que você tá fazendo? — pergunta Alice ao me ver olhando ao redor, entre as estantes de livros.

— Estou me certificando de que ninguém viu a gente.

— Que paranoia.

— E a culpa é de quem? — questiono, enquanto a fulmino com o olhar. — Se você não estivesse me chantageando, eu não estaria paranoica.

— A culpa é sua! — ela rebate. — Se você não estivesse mentindo para todo mundo, eu não teria munição para te chantagear.

Que cara de pau! O pior é que sou obrigada a admitir que, dependendo do ponto de vista, é verdade. A paranoia não começou com a chantagem de Alice, ela sempre existiu. Talvez a culpa seja mesmo minha por ter acionado essa bomba-relógio que a qualquer momento poderia explodir na minha cara.

Mas era isso ou ficar sozinha de novo.

— Não importa, eu te chamei aqui para dizer que não tenho escolha a não ser aceitar o seu... — faço o sinal de aspas com os dedos — acordo.

— Ótimo. — Agora, sim, ela parece animada, como deveria ter ficado ontem, ao me reencontrar. — E qual é o primeiro passo?

— Primeiro, eu... Quer dizer, a gente vai precisar dar um jeito nisso. — Aponto para Alice de cima a baixo e ela acompanha o movimento do meu dedo. — Se você quiser que isso dê certo, é claro.

Sua calça muito folgada, com rasgos enormes, que vão muito além do que seria considerado estiloso, junto com uma camisa larga de lavagem surrada e uma estampa duvidosa (não dá para entender se é um gato, um ET ou uma junção bizarra dos dois) compõem um *look* com zero potencial de popularidade.

— Vou escolher não ficar ofendida — diz, claramente ofendida. — E então, o que sugere?

— Preciso ver o que tem no seu guarda-roupa, para saber se dá para salvar algo.

— Alguma das coisas que estou usando agora se salva?

— Huum. Gostei do seu tênis. — É preto, modelo skatista. — Mas não dá para defender o resto.

Alice faz uma careta.

— O que foi? — Cruzo os braços.

— Acho que teremos muito trabalho, então.

Essa "missão" está ficando cada vez mais impossível.

— Posso ir pra sua casa depois da aula? — pergunto, e ela pensa um pouco.

— Acho que sim. Só preciso falar com meus pais antes. Eu te aviso até o fim da aula. — Alice me estende o celular. — Coloca seu número aí.

Salvo meu contato como "ex-melhor amiga" e devolvo o aparelho.

— Engraçadinha. — Ela dá um sorrisinho irônico quando lê.

O resto do dia passa rápido. Tento ao máximo me concentrar na aula, não posso deixar que ela afete mais essa área da minha vida, mas falho miseravelmente, porque quase perco meu nome na chamada. Olho algumas vezes para trás, com a intenção de conferir se ela está tão ansiosa quanto eu com tudo que está acontecendo. Mas, em vez disso, só a vejo conversando calmamente com Nicholas, como se fossem velhos amigos.

Nota mental: descobrir como os dois se conhecem quando eu for à casa dela.

Depois da última aula do dia, que é de Educação Física, vou ao banheiro para tentar reduzir os danos (e o fedor) antes de ir encontrar com a Alice. No caminho, meu celular vibra no bolso. É uma mensagem da Alice com o endereço da sua casa. Enquanto leio, chegam outras duas notificações.

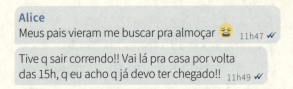

Respondo só com um "ok" e vou para casa, grata por ter tempo de tomar um banho. Se é para me humilhar desse jeito, que pelo menos seja com um pouco de dignidade e não fedendo a gambá. Depois de almoçar a comida que a vovó deixou pronta antes de sair de casa hoje cedo, vou para o quarto me arrumar.

Já que Alice conhece a verdadeira eu, não me incomodo em ficar superestilosa. Coloco um vestidinho florido e soltinho, o mais confortável possível, e meus amados tênis brancos. Amarro meus cachos em um coque alto e meio bagunçado. Deixo meu rosto limpo, até porque não tenho motivo para passar maquiagem. Estou mais do que ótima.

Aproveito que ainda tenho tempo e coloco em uma mochila algumas coisas das quais com certeza vou precisar para a transformação de Alice. Enfio umas roupas que a Catarina mandou, mas não ficaram muito boas em mim e algumas maquiagens que não combinaram com o tom da minha pele. Pego uma chapinha e o *babyliss* também, porque eu não sei o que fazer com aquele cabelo.

Enquanto confiro se ainda falta alguma coisa, ouço a vovó chegar e a encontro carregando várias sacolas de mercado.

— Cuidado, vó! — Tiro tudo das mãos dela. — Desse jeito, sua coluna vai ficar cada vez pior.

— Eu precisava comprar umas coisinhas que estavam faltando.

— Podia ter me esperado, eu ia com a senhora — Estralo a língua.

— Deixa de besteira, garota. Tô velha, mas não tô inválida — ela diz, e eu não consigo segurar o riso. Tem vezes que ela teima em não aceitar que não é mais a mesma de antes e insiste em se sobrecarregar.

— Vai sair? — pergunta, enquanto me olha de cima a baixo. Provavelmente percebeu que não estou usando meu traje natural de ficar em casa, ou seja, pijamas.

— Vou na casa da Alice.

A vovó faz uma careta.

— Vou lá ver o que posso fazer com a aparência dela. Parece que, em vez de escolher uma roupa, ela se joga no cesto de roupa suja e o que consegue agarrar é o *look* da vez.

— Então você resolveu aceitar a chantagem?

— E eu tinha outra escolha?

— Claro que tinha. — Ela me acerta com o pano de prato que acabou de pegar. — Podia ter desistido dessa palhaçada, como já mandei você fazer, um milhão de vezes.

— Vó...

— Não importa. Sua vida, suas escolhas. Mas depois não vem me dizer que não te avisei.

Ela confere o relógio na parede da cozinha e se vira para mim outra vez.

— Que horas você precisa estar lá?

— Às três, por quê?

— Sabe aqueles biscoitos chiques que tem nos filmes que você assiste? Aqueles com gotas de chocolate.

— *Cookies*? — Tento traduzir.

— Isso aí mesmo. Pra que ficar inventando essas frescuras, gente? — Solta um muxoxo. — É tudo biscoito, meu Deus do céu.

— *Cookie* é biscoito em inglês, vó — explico, rindo. — Mas o que é que tem eles?

— Eu achei uma receita no celular e não parece difícil. — Ela coloca os óculos no rosto e abre a receita no aparelho. — Vou testar, e aí você experimenta antes de ir.

Pouco tempo depois, um aroma delicioso começa a se espalhar pela casa.

— Huum. — Vou fungando até a cozinha. — Sinto cheiro de chocolate.

Tento pegar um na assadeira, mas levo um tapa na mão.

— Tá quente, menina! — Ela se vira para buscar um prato.

Aproveito que a vovó está de costas para roubar um dos biscoitos que ainda está fumegando. Dou uma mordida enorme, fazendo um malabarismo para não me queimar, mas ela percebe e me olha de cara feia.

— Ficou uma delícia, vó! — elogio, depois de engolir um biscoito inteiro em poucos segundos, e mando um beijo para ela.

A cara feia se desfaz na hora.

Capítulo 6

DESCOBERTA INESPERADA!

Encaro a porta de Alice por alguns minutos, criando coragem para tocar a campainha.

Imaginei que ela moraria nos bairros mais ricos da cidade. Só que, para minha surpresa, sua atual casa é bem perto da minha e de onde morava antes de ir para os Estados Unidos. Não é perigoso, nem nada assim, mas achei que, depois de ficarem ricos, os seus pais iriam querer morar em um lugar melhor.

Na tentativa de controlar o nervosismo, fico parada na entrada por tempo suficiente para qualquer vizinho achar meu comportamento suspeito.

Respiro fundo. É agora! Toco a campainha.

Menos de um minuto se passa e a porta começa a se abrir, rangendo. Arregalo os olhos, espantada ao ver quem aparece para me receber (e, pelo jeito, ele está tão surpreso quanto eu).

— Você? — pergunto, confusa. — O que tá fazendo aqui?

— Eu moro aqui — responde Nicholas, como se fosse a coisa mais óbvia do mundo. — A pergunta certa é: o que *você* tá fazendo aqui?

— Ouvi a campainha, quem... — Alice surge atrás dele, mas interrompe a frase ao me ver. — Ah, você chegou.

— O que tá acontecendo aqui e por que vocês moram juntos? — Não estou entendendo nada.

— Mel, esse é o Nick. — Ela aponta para ele e depois para mim. — Nick, essa é a Mel.

Nick (o apelido combina com ele) olha bem nos meus olhos. Instantaneamente sinto aquele magnetismo que quase me fez perder o equilíbrio no primeiro dia de aula. O que esse garoto tem?

— Eu sei quem ela é — diz, com o rosto impassível.

Não sei se isso é uma coisa boa ou ruim. O que quer dizer? Será que ele reparou em mim? Será que também sente esse negócio entre nós, ou é só um lance unilateral mesmo?

— Não sabia que vocês eram amigas.

Parece que eu não sou a única que está confusa.

— Dá para você sair da porta e deixar a garota entrar? — Alice tira ele do caminho e me puxa para dentro. Depois que fecha a porta, ela cruza os braços. — Ela era minha melhor amiga na infância, mas agora...

— Nossa relação é complicada — interrompo Alice, antes que ela fale demais. — Mas eu ainda não entendi a relação de vocês. — Aponto de um para o outro.

— Somos primos — explica Nick.

PRIMOS?!

— Sim — ele responde. Pelo visto, pensei alto. — O pai dela e a minha mãe são irmãos.

— Mas os sobrenomes de vocês não são iguais — recordo-me da lista de chamada da escola.

— É porque a minha mãe tirou o sobrenome Braga quando casou e pegou o Cardoso do meu pai — esclarece Nick.

Impossível. Não tem como esses dois serem parentes. Ao olhar para o Nick, sou tomada pelo desejo de chegar mais perto e absorver toda essa serenidade que ele emana. Já quando olho para Alice, só tenho vontade de esganá-la. Fora que eles não se parecem nem um pouquinho. Como podem compartilhar os mesmos genes?

Enquanto tento processar a informação, um detalhe me vem à mente.

Estou aqui, na frente de Nick, um aluno (lindo!) do Colégio Cesari.

E eu não me arrumei.

ESTOU EM MODO NATURAL!!!

O que eu tinha na cabeça para sair de casa assim? Não! A culpa é da Alice. Por que ela não me avisou que eles eram primos e que ele estaria aqui?

Meu coração acelera em um ritmo preocupante e minha visão começa a escurecer.

— Você tá bem? — Nick parece... preocupado? — Você ficou meio pálida.

63

Ele se aproxima, pega minha mochila e a entrega para Alice. Tenho certeza de que vou desmaiar quando ele coloca as mãos nos meus ombros.

— E... eu... — pigarreio — tô bem. Acho que foi só uma queda de pressão. Nada demais.

Que desastre.

Nick assente e me solta, deixando o calor da sua mão no lugar onde a tinha colocado.

— Queda de pressão? — zomba Alice. — Quantos anos você tem?

— Você tá bem mesmo? — Ele ignora a prima e analisa meu rosto por tempo suficiente para as minhas bochechas esquentarem. — Quer uma água ou um pouco de sal?

— Não precisa. — Arrumo um cacho que escapou e o coloco atrás da orelha. — Mas obrigada.

— Ela já melhorou — diz Alice para o primo e se vira para mim. — Então, será que podemos começar o que você veio fazer aqui?

— É... Nick, né? — Finjo indiferença. — Foi um prazer. — Mal termino a frase e minha ex-melhor amiga já começa a me puxar pelo corredor.

— Prazer. — Ouço Nick dizer, ainda parado perto da porta.

Em menos de 48 horas, Alice já quase conseguiu me matar do coração duas vezes.

Será que ela tem mais alguma revelação surpreendente para fazer?

✦ **Capítulo 7** ✦

— Por que não me disse que vocês são primos? — confronto-a assim que entramos no quarto e a porta se fecha atrás de nós.

— Não achei que fosse importante. — Ela dá de ombros.

— Não achou... — Solto uma lufada de ar pelo nariz, incrédula. — Você não achou que eu deveria saber que um garoto da nossa escola está aqui? — Abaixo o tom de voz ao perceber que estou quase gritando. — Olha só como eu vim.

Aponto para mim mesma e Alice me mede de cima a baixo.

— Não tem nada demais.

Quero voar no pescoço dela. Como pode ser tão sem noção?

Alheia ao meu quase ataque de nervos, ela vai em direção ao seu armário e abre as portas, revelando um *minicloset* cheio de divisórias. Superorganizado, o que é, no mínimo, estranho.

— Até porque duvido que ele tenha reparado — ela continua. — O Nick não liga para garotas.

O Nick não liga para garotas? Então isso quer dizer que...

— Ele é gay?! — quase grito, perplexa.

Não é possível que isso seja verdade. Como assim? Já não basta tudo que aconteceu, ainda vou ser nocauteada mais uma vez? Não que eu acredite que tenha muita chance com ele, mas saber que a possibilidade é completamente nula seria um baque e tanto.

— O quê? Não! — Alice ri. — Ele só diz que não está com foco nisso, pelo menos não agora.

Conheço um total de zero garotos da nossa idade que não estejam com o foco em garotas. Até dá para entender aqueles que não levam jeito nenhum com elas dizerem isso, mas o Nick? Não imagino que esse seja o caso. O cara é lindo e nem precisaria falar muita coisa para ter qualquer uma babando por ele.

— Falando em foco, vamos parar de falar daquele chato e começar a fazer o que você veio fazer aqui. — Alice me tira dos meus pensamentos e aponta para o armário aberto. — Quer começar vendo as roupas?

Entrei no quarto tão atordoada que nem reparei na decoração. Aquele papo de que o seu quarto reflete o seu interior não se aplica a Alice. A decoração é moderna e *clean*. As paredes brancas e imaculadas, com só alguns quadros *face lines* em tons pastéis, me dão a impressão de que o ambiente acabou de ser reformado.

Sobre o edredom marfim da cama de casal repousam algumas almofadas peludas. Em uma escrivaninha, no canto do quarto, estão um iMac invejável e uma fileira de livros que parecem intocados. Aparentemente, ela não é amante da leitura como eu.

O lugar é estiloso e arrumado demais, ou seja, não combina em nada com a Alice. Eu confesso que, pela maneira que se veste, pensei que ela dormisse em um quarto todo preto, com paredes cheias de desenhos bizarros, caveiras, pentagramas e coisas do tipo.

Essa garota é um mistério.

Passamos os trinta minutos seguintes tirando quase tudo de dentro do armário e espalhando pela cama. Agora o lugar está mais zoneado do que o meu quarto nas férias.

É surreal, mas eu encontro várias peças decentes. Os tênis são todos lindos, e ela tem muitas roupas de marca ainda com etiquetas.

— Por que você não usa essas?

— Sei lá. — Dá de ombros. — Minha mãe que comprou para mim, mas não sei como combinar direito e sempre acho que fico meio esquisita.

Separo uma calça *jeans* larguinha de lavagem clara e um *cropped suplex* sem mangas.

— Toma, veste isso com aquele tênis skatista preto que você usou na escola hoje.

Alice some no banheiro. Eu aproveito para montar mais uns três *looks* e depois tiro da mochila as coisas que trouxe de casa.

Coloco tudo em cima da penteadeira branca, na qual há apenas um rímel claramente velho, uma base lacrada e um *lip balm*. Pelo menos ela se preocupa em hidratar os lábios. Arrumo tudo e ligo a chapinha.

— E aí? — Alice volta do banheiro vestida com as roupas que dei a ela. — Ficou bom?

Estou surpresa. Ela já está bem diferente de hoje de manhã. A calça folgada fica bem em seu corpo magro e o *cropped* marca os lugares certos.

— Huum. Você ficou ótima! — Olho bem para o seu rosto. — Mas dá para melhorar.

Puxo a cadeira da penteadeira e sinalizo para que ela se sente.

— Foi você quem trouxe essas coisas? — Alice aponta para a parafernália que tirei da mochila.

— Sim. Imaginei que você não teria, então trouxe de casa.

Sua pele não é tão ruim, o que facilita o processo de prepará-la para a maquiagem. Por sorte, ela já tinha a base, senão teríamos um problema, já que todas as que eu trouxe ficariam muito escuras nela. Também não pretendo fazer nada muito complicado, para que ela possa reproduzir o mesmo processo nos próximos dias.

— Presta atenção no que eu tô fazendo, porque você vai fazer sozinha amanhã. Tenho mais maquiagem fechada em casa, então pode ficar com essas.

Alice só assente e se vira de frente para o espelho. Ela parece estar bem animada com a transformação, e, por incrível que pareça, eu também estou.

Quase borro o delineado quando ouço um barulho do lado de fora do quarto e lembro que Nick está em algum lugar da casa. Quero muito saber mais sobre ele, mas acho que Alice não vai querer voltar ao assunto agora. Então, enquanto tento domar as suas sobrancelhas, aproveito para perguntar sobre outra coisa que me deixou intrigada.

— Eu jurava que, agora que sua família tem dinheiro, vocês morariam em um lugar mais chique. Aqui é bem perto da sua antiga casa.

— Implorei para eles escolherem um lugar melhor. — Ela revira os olhos — Só que a minha mãe insistiu em ficar perto da casa da minha avó, sabe? Caso surgisse alguma emergência.

— Então é a mãe dela que tá doente?

— Sim. Minha mãe é filha única e cuida da minha vó sozinha. Na verdade, ela queria que a gente ficasse lá na casa da vovó, e só não ficamos por falta de espaço.

— O que sua vó tem? — A pergunta é meio indelicada, mas não tenho motivos para ser educada com Alice.

— Alguma coisa no coração. Não sei explicar muito bem, só sei que ela precisou fazer uma cirurgia e está de repouso. Minha mãe passa praticamente o dia todo na casa dela.

— Moro sozinha com a minha vó e não gosto nem de imaginar o que faria se algo acontecesse com ela. — Estremeço. — Espero que a sua melhore logo.

O desejo é sincero, e acho que Alice percebe.

— Obrigada — agradece, disfarçando a comoção.

Voltamos a ficar em silêncio e aproveito para passar um pouco de chapinha em seu cabelo castanho-claro. Ele já é liso, mas é bem volumoso e parecia ter levado um choque de tanto *frizz*.

Alguns minutos depois, acabei o meu trabalho.

— Você tá um arraso! — E olha que nem estou mentindo.

— Uau! — Alice admira a "nova pessoa" que a encara no espelho. — Quem é essa? — brinca, com falsa modéstia.

Começamos a rir juntas, mas quando nossos olhares se encontram pelo reflexo do espelho, fica um clima meio constrangedor no ar, o que nos obriga a parar. Se não fossem as circunstâncias da nossa atual relação, esse momento até poderia ser legal. Talvez em outra realidade, seríamos apenas duas melhores amigas curtindo uma tarde juntas.

Para disfarçar, ocupo-me com a cama cheia de roupas e separo as possíveis combinações em cabides. Ela se junta a mim, dobrando algumas que vão para a pilha das que não deveriam ser usadas nunca, que apelidamos carinhosamente de "lixo radioativo".

— Acho que essa vai aí também. — Levanto a camisa do gato ET que foi usada hoje de manhã e ela faz um biquinho triste antes de rir.

Aproveito o clima amigável entre nós para voltar ao assunto no qual não paro de pensar: Nick.

— Então — começo, como se não fosse grande coisa. — Por que seu primo veio morar com você?

Alice cruza os braços e estreita os olhos.

— Posso saber por que você está tão interessada no Nick?

Meu rosto esquenta. Não quero que ela pense que estou a fim dele. Até porque não estou. Dizer que isso não pode vir a acontecer no futuro (ou que ele não é maravilhosamente lindo) seria mentira, mas ainda é muito cedo para criar algum sentimento.

A atração é inegável, porém não é isso que mais atiça a minha curiosidade. É outra coisa. Preciso descobrir o que é e de onde vem.

— Não é nada demais — jogo uma blusa nela. — Eu só não sabia que você tinha um primo e quero entender por que ele tá aqui.

— Sei. — Ela aperta os olhos ainda mais. — Quer saber? Vamos comer alguma coisa, aí você aproveita para tirar suas dúvidas com o próprio.

— Não, Alice. Volta aq...

É tarde demais para qualquer protesto. Ela já desapareceu porta a fora.

— Nick! — ela chama do corredor. — Vou fazer pipoca, você quer?!

— Quero! — grita ele de volta.

— Então vem!

Ouço a porta do quarto dele ser aberta.

Eu vou matar a Alice.

Capítulo 8

ALGUÉM

Nos encontramos no corredor, e Nick mede a prima de cima a baixo com uma careta estranha, como se não aprovasse muito toda aquela mudança.

— O que rolou com você?

— Quis dar uma mudada. — Alice dá uma voltinha. — Gostou?

— Tá legal, mas... — Ele pensa um pouco. — Não é muito você.

— Como se ser eu mesma estivesse dando muito certo para mim, né? — Ela revira os olhos.

Entendo o ponto dela e não a critico. Até porque faço exatamente igual. Mas prefiro acreditar que não chegaria ao ponto de chantagear alguém.

— Ali — Nick respira fundo e mantém o tom calmo —, a gente já conversou sobre isso.

Acho fofo o jeito que o apelido soa na voz dele. Eu mesma costumava chamá-la assim quando a gente era criança. Agora, isso provavelmente me daria náuseas.

— Nem vem com esse papo de novo. — Ela balança a mão para enxotar a ideia e entra pela porta da cozinha.

Sobre o que será que foi essa conversa entre eles? Será que ela contou sobre nosso "acordo"? Acho que não, senão ele saberia que eu vinha aqui hoje, né?

— Melissa?

— Hã? Ah... — Ai, meu Deus! Eu estou sozinha com o Nick. — Oi. — Eu sou uma negação.

— Você tava viajando. — Ele sorri meio de lado. — Vamos esperar na sala?

Eu deveria ir atrás de Alice, mas não consigo resistir a esse sorriso e a minha vontade de saber mais sobre ele.

— Pode ser. — Uso o tom mais casual que consigo.

Ele se joga em uma poltrona na lateral da sala e eu me sento no sofá, em frente à televisão. Apesar de a casa parecer antiga por fora, o interior é muito bem conservado. Os ambientes são modernos e recém-reformados. A diferença entre a casa de Alice e a minha, com a decoração peculiar da vovó, é gritante.

Concentrado no celular, Nick não dá sinais de que vai iniciar uma conversa. Posso até ser um desastre com garotos, mas não vou aguentar esse silêncio constrangedor. Além do mais, estou cheia de perguntas.

— Posso te perguntar uma coisa? — quebro o gelo.

Nick levanta os olhos do celular e enfia o aparelho no espaço entre a perna e o braço da poltrona.

— Claro. — Ele apoia os cotovelos nos joelhos e não desvia os olhos de mim. — O que quer saber?

Sorrio sem mostrar os dentes, um pouco sem graça. Minha coragem súbita ameaça me abandonar, mas consigo agarrá-la outra vez.

— Por que você veio morar com a Alice?

Não é tão comum primos morarem juntos. Será que algo aconteceu com os pais dele e... Ai, meu Deus! E se o assunto for sensível e eu estiver aqui, perguntando na maior cara dura?

— Desculpa. — Tento amenizar a minha gafe. — Se for pessoal, não precisa falar.

— Não é nada demais. — Relaxo os ombros, aliviada. — Vim para terminar o Ensino Médio sem imprevistos. — Acredito que ele percebe a minha confusão, porque exibe aquele sorrisinho charmoso de novo. — É que eu me mudo muito, por causa do trabalho do meu pai — esclarece.

— Militar? — deduzo, e ele assente.

— Acabei me atrasando muito na escola, então meus pais pediram para os meus tios me deixarem morar aqui até a formatura, só para não correr o risco de eu me mudar e perder mais um ano escolar, sabe?

— Faz sentido. — Coloco uma almofada no colo. — Mas você se atrasou muito?

— Fiz dezoito em julho do ano passado. — Começa a contar nos dedos. — Já tenho carteira de motorista e ainda não me formei. — Ele faz uma careta de desgosto e ri. — O que você acha?

— Dezoito? É... — Dou risada também. — Acho que você se atrasou um pouquinho.

— Pois é. — Assim que nossos olhares se encontram em meio aos risos, ele desvia o olhar e pigarreia.

— Qual é o assunto? — Alice volta da cozinha com três potes de pipoca nas mãos e entrega um para cada.

— Nada demais. — Coloco uma pipoca na boca.

Não quero contar que colhi mais informações sobre Nick. Ela já está toda desconfiada de mim por causa do meu súbito interesse nele. Eu é que não vou dar mais motivos para aumentar as suas suspeitas.

— Foi você quem fez isso com ela? — Nick aponta para a prima, mas a pergunta é para mim.

— Huum. — Esse garoto tem o poder de me desestabilizar. — Foi, sim.

— Por quê? — Ele torce o nariz.

— Você ainda não superou isso? — Alice levanta os braços. — Qual o seu problema, garoto? Eu só cansei de ser uma excluída, meu Deus do céu! O que tem demais em querer mudar um pouco?

— Eu já entendi os seus motivos, Ali. — Seus olhos castanhos se desviam dela e me encaram. — Eu quero saber o motivo dela.

Estremeço. É óbvio que, olhando de fora, toda essa situação é no mínimo estranha.

— É que — Alice começa a dizer, antes que eu possa inventar qualquer desculpa — aproveitei que sei uns segredinhos dela, sabe? — Ela levanta as sobrancelhas, sugestivamente.

Arregalo os olhos. Não acredito que ela falou isso. Finco as unhas na almofada que coloquei no colo, com o impulso de jogá-la na cara de Alice crescendo dentro de mim.

— Segredinhos? — A testa dele deve estar com uns trinta vincos.

— Sim. — Ela abaixa a voz. — A Mel só é popular porque inventou umas...

— Alice! — Não fico na vontade e realmente jogo a almofada nela.

— Tá bom, tá bom. — Ela a joga de volta em mim e se vira para o primo, com um sorrisinho cínico estampado na cara. — Desculpa, não posso contar.

— Pera aí. — Nick parece fazer os cálculos.

Alice não deu muitas informações, mas qualquer ser humano com o mínimo de QI conseguiria deduzir o que está rolando aqui.

— Então quer dizer que você mentiu sobre alguma coisa para ser popular? — diz olhando para mim e depois se vira para a prima. — E agora você está chantageando ela pelo mesmo motivo?

— Olha só! — Alice finge inocência. — Ele acabou descobrindo sozinho.

Fulmino-a com os olhos e quase consigo ver uma fumacinha sair de sua pele.

— Se você não tivesse aberto essa sua boca grande, ele não tinha descoberto nada — estou prestes a partir para cima dela, mas me assusto com o ruído da poltrona sendo arrastada para trás quando Nick se levanta.

— Ficaram malucas? O que vocês têm na cabeça?

A decepção nos seus olhos me afeta de um jeito que eu não esperava. Na verdade, por alguma razão desconhecida, estou triste. Não por medo de que ele conte para todos que sou uma mentirosa. E sim por ser esse tipo de pessoa. Triste por decepcionar esse garoto que eu mal conheço.

— Nick. — Levanto, e minha voz sai engasgada. — Eu posso explicar.

— Olha, sinceramente, não importa. — Ele me ignora. — Não vou julgar você e muito menos os motivos que te levaram a fazer isso, mas, se posso te dar um conselho, a verdade é sempre melhor. Mentir, por qualquer razão que seja, não deveria nem ser uma opção.

Meu corpo desaba no sofá. Meus olhos ficam embaçados e preciso me segurar para não deixar as lágrimas caírem. Por que estou tão abalada? Não é nada que eu já não tenha ouvido antes, mas, por algum motivo, as palavras dele me afetam mais do que as de qualquer um.

— E você — continua, ao apontar para Alice — com certeza já deveria saber que chantagear alguém é insano.

Ela não parece se importar, apenas cruza os braços e olha para o primo, como quem está sendo obrigada a assistir a uma aula de física em um feriado.

Nick se senta outra vez e esfrega os olhos, como se estivesse com sono. Mesmo quando volta a fitar a prima, ainda está com o olhar caído, parece que não é a primeira vez que eles têm essa conversa.

— Quantas vezes eu já te disse que não precisa disso? — fala pausadamente. — Que não vale a pena tentar ser o que os outros querem que você seja? — Suas palavras não são direcionadas a mim, mas tenho a impressão de que o puxão de orelha vale para nós duas. — Essa aceitação que vocês estão querendo é superficial e indiferente. — O tom da sua voz é quase suplicante. — Isso não vai trazer felicidade nenhuma, acreditem em mim.

— Não generaliza, garoto. — Alice joga uma pipoca nele. — Não é porque você se ferrou que todo mundo vai também.

Do que ela está falando? O que aconteceu com ele? Quero muito perguntar, mas esse com certeza não é o melhor momento.

— Não é isso. Olha — Nick suspira. — Eu só quero que vocês saibam que tem alguém de quem vocês nunca vão ter que se esconder e muito menos vão precisar mentir ou chantagear.

Ouço atentamente tudo o que diz, mas fico na dúvida se ele se refere a alguém em específico ou se quer dizer que há pelo menos uma pessoa assim no mundo para cada um de nós.

— Alguém? — Só percebo que perguntei quando ouço a minha voz.

Nick parece feliz com o meu interesse.

— Jesus, Melissa — responde ele, com um tom sereno. — Esse alguém é Jesus. Ele não quer que você viva uma mentira e é o único para quem realmente vale a pena se moldar. — Cada palavra que sai de sua boca me faz sentir aquele mesmo magnetismo do dia em que nos conhecemos. — Se tornar quem Ele te criou para ser é a única forma de...

— Aff, Nick. — Alice o interrompe. — Para com esse papo de crente. Ninguém quer ouvir essa chatice.

Eu quero! É a única forma de quê? Por que ela não me deixou ouvir o resto? Meu peito se aperta como se fossem me dar um presente, mas no último segundo levam ele embora.

Enquanto Alice me arrasta de volta ao quarto, meus olhos continuam vidrados nos de Nick. A forma que ele me encara me dá a certeza de que percebeu que eu anseio por mais.

Sem emitir nenhum som, seus lábios se movem, formando um "depois" e sei que essa conversa não acabou aqui.

Em algum momento, Nick vai me falar tudo que não conseguiu dizer hoje.

Capítulo 9

COMO SER POPULAR

Chego acabada na escola depois de passar a noite em claro. Durante a madrugada, alternei entre lembrar do olhar decepcionado de Nick e tentar decifrar o que ele queria dizer sobre Jesus.

Sigo meu caminho até a sala de aula, mas, antes que eu consiga chegar, Alice vem até mim. Ela colocou a mesma calça e o mesmo tênis que experimentou ontem, mas com uma blusa branca justinha, de mangas compridas. O *look* ficou incrível e ela seguiu à risca as dicas de maquiagem.

— Olha só para você! — Bato palminhas.

— Eu achava que não levava jeito para essas coisas, mas até que aprendi rápido.

Enfio a cabeça para dentro da sala e não vejo Carol, nem Isa.

— As meninas ainda não chegaram. — Afundo tanto uma das minhas cutículas que ela está prestes a sangrar. — Para ser sincera, não sei bem como vou fazer isso.

— Me deixar popular? — Alice confirma.

— Sim. — Reflito. — Comigo foi bem sem querer, então não tenho uma fórmula infalível.

Alice revira os olhos. Odeio quando ela faz isso.

— Eu também não, mas isso é problema seu, não meu. Dê seu jeito.

Por meio segundo, eu quase esqueci de quão intragável essa garota é capaz de ser. Ontem, até nos divertimos, e Alice conseguiu ser uma pessoa agradável por um bom tempo. Ela facilmente conseguiria fazer amizade se agisse como ontem. A Alice natural, não a de cara amarrada, muito menos a chantagista.

Isso é exatamente o que minha avó me diz, e eu estaria sendo muito hipócrita se lhe desse esse conselho. Na verdade, nós duas estamos no mesmo barco.

De repente, lembro-me de algo e solto um muxoxo em seguida.

— Tudo seria muito mais fácil se o Diego te chamasse para a festa de aniversário dele.

— Por quê?

— Porque ele só chama os mais populares. Se você fosse convidada, seu lugar no grupo estaria garantido.

— Então consiga esse convite para mim — sugere a gênia, como se eu não tivesse pensado nisso.

— Não dá. Ele sempre entrega os convites com um mês de antecedência, e o aniversário já é semana que vem.

Todos os anos, desde antes de eu chegar no Cesari, Diego faz uma baita festa de aniversário. O evento é superesperado por todos, e a lista de convidados é sempre exclusivíssima. Só a elite é chamada.

Essa festa é um verdadeiro saco.

Para mim, é a noite mais abominável do ano. Ter que fingir costume na escola é brincadeira de criança comparado a encenar em um salão cheio de bêbados esnobes. O pior de tudo é ter que enfrentar a nojenta da Bianca. Todo ano ela faz questão de criar, na cabeça dela, uma competição comigo, mesmo que eu não esteja nem aí. A sebosa tem uma espécie de "síndrome da rainha má" e quer a todo custo ser a mais bela e rica de todas.

Nota mental: jamais aceitar uma maçã, ou qualquer fruta, da Bianca!

Felizmente (ou não), como o aniversário do Diego já está próximo e ninguém recebeu convite nenhum até agora, é provável que ele tenha desistido de fazer a festa desse ano.

Só que, nas atuais circunstâncias, essa seria a oportunidade perfeita.

— Mel? — Ouço a voz de Isa atrás de mim.

À minha frente, Alice ajeita a postura. Viro-me e vejo tanto Isa quanto Carol com as sobrancelhas levantadas. As duas devem estar curiosas para saber quem é a garota que está comigo. Elas com certeza não reconhecem Alice.

— Ah. — Sorrio. — Bom dia, meninas.

— Quem é essa aí? — pergunta Carol, com a sutileza de uma elefanta grávida. — Outra aluna nova?

— Mais ou menos. A Alice, tá aqui desde o primeiro dia.

— Oi. — Alice acena, balançando a mão de um jeito exagerado.

As meninas analisam a minha chantagista dos pés à cabeça. Isa é a primeira a arregalar os olhos.

— A garota do Crocs?

Tenho que arrumar uma desculpa aceitável para justificar o fato de Alice ter vindo para a escola nos últimos dias como se tivesse acabado de sair de um acidente. Felizmente (dependendo do ponto de vista), sou uma ótima mentirosa.

— Vocês não vão acreditar. — De soslaio, vejo Alice me olhar desconfiada. — Ela acabou de se mudar dos Estados Unidos e toda a bagagem dela foi extraviada. A coitada precisou usar as roupas do primo até as coisas chegarem.

Alice olha para mim, admirada.

— Ela estava sem nada. Roupas, maquiagem... — continuo, mas sou interrompida.

— Que pesadelo! — Carol treme o corpo.

— É, foi uma verdadeira tortura. — Alice me surpreende ao entrar na conversa por conta própria.

— Tá. Isso até explica o fato de ela ter vindo mastigada por um ogro nos últimos dias. — Isa cruza os braços. — Só não explica como vocês duas se conhecem.

Para esclarecer isso, nem vou precisar mentir tanto.

— Éramos melhores amigas na infância. Perdemos o contato quando ela se mudou para o Estados Unidos. Eu quase não a reconheci, até que ontem — Pensa rápido, Melissa. O que poderia ter acontecido ontem, depois da aula, que faria toda essa maluquice fazer sentido?

— Minhas coisas chegaram, mas aqueles idiotas do aeroporto quebraram metade das maquiagens — Alice complementa minha mentira. — Tive que ir ao *shopping* comprar outras e nos esbarramos por lá. Foi minha mãe que acabou reconhecendo a Mel.

Criei um monstro.

O rosto das duas relaxa. Acho que as convencemos, mas o som irritante do sinal interrompe nossa conversa.

Entramos na sala e nos sentamos nos lugares de sempre. Eu na primeira carteira, Carol e Isa nas duas ao lado. O lugar atrás de mim ainda está vazio, então faço um sinal para que Alice se sente. Ela logo obedece e retribui o sorriso claramente falso que as meninas forçam.

Enquanto arrumo minhas coisas em cima da mesa, vejo Nick entrar na sala. Meu coração dispara ao ver que ele olha para mim e acelera ainda mais quando encara Alice, fazendo uma negativa bem discreta com a cabeça.

Ele passa por mim e sinto meu braço arrepiar, mas ele me ignora e para ao lado da prima. Seco minhas mãos suadas, torcendo para que não fale nada sobre as mentiras.

— Ali, esqueci de te avisar que não vou poder te levar para casa hoje. — Solto o ar que nem percebi que prendia. — Meu pneu tá zoado, vou levar para consertar.

— Beleza — responde ela, e Nick se afasta.

— Vocês se conhecem? — Carol se vira para Alice assim que ele alcança uma distância segura o suficiente para não a ouvir.

— E por que ele te leva para casa? — Isa completa.

Pela cara que fazem, elas estão tão confusas quanto eu quando descobri a relação dos dois. Alice apenas sorri. Ela não é boba e sabe que o primo é gato. Fora que viu as duas darem em cima dele no primeiro dia de aula. Ele é um trunfo, e ela não perderia a oportunidade de usá-lo.

Sinto uma pontada no peito. Tenho certeza de que Nick ficaria ainda mais decepcionado se soubesse que está sendo usado para isso.

— Sim. O Nick é meu primo e mora comigo. — Ela não economiza na exibição. — Ele tem carro, então é minha carona.

Minhas amigas nem fazem questão de disfarçar o súbito e exagerado interesse na Alice agora que descobriram a sua ligação com o Nick. As duas se aproximam tanto que estão quase subindo na mesa dela.

— Você disse que morava nos Estados Unidos, né? — pergunta Carol.

— Em que lugar você morava? Quero todos os detalhes de como era viver lá — complementa Isa.

— E detalhes do seu primo também, óbvio. — Carol não perde tempo. — Ele tem namorada?

— Eu morava em Miami. — Não sei se a Alice está empolgada ou apavorada com essa atenção toda. — E o Nick...

O professor bate no quadro para chamar nossa atenção.

— Depois ela conta tudo o que vocês quiserem — falo baixo. — Agora fiquem quietas que a aula já vai começar.

A operação "Alice popular" tem se revelado um sucesso. Uma semana se passou desde que a apresentei para minhas duas amigas.

Nesse dia, elas passaram o intervalo conversando sobre como era a vida no exterior. Alice contou que tinha uma rotina bem movimentada, com várias festas e garotos. Como sei que ela se sentia invisível, apostei que era tudo invenção e, quando perguntei mais tarde, tive a minha confirmação.

Para a minha sorte, tudo estava indo muito bem e, em uma semana, nosso grupinho, que antes era composto apenas por Carol, Isa, Diego e eu, ganhou uma nova integrante. Agora, ela passa todos os intervalos conosco, e suas habilidades de socialização evoluem cada vez mais.

Pelo jeito, assim como aconteceu comigo, basta dizer o que as pessoas querem ouvir e estar com as companhias certas que a popularidade vem como uma mera consequência.

Já posso até escrever um livro: *Aprenda a ser popular na escola com Melissa Andrade*.

Passo um: minta!

Hoje, segunda-feira, a primeira coisa que minha pequena aprendiz faz é me mostrar o seu perfil. Ela está toda empolgada, porque quase todos os alunos do Cesari começaram a segui-la.

Antes da transformação, seu *feed* tinha pouquíssimas fotos de seu rosto, que ela teve o bom senso de apagar por conta própria. O resto das postagens eram fotos dos seus tênis em vários lugares que gostava de visitar em Miami. É claro que essas foram mantidas. Depois de aprender a se maquiar, Alice não demorou a postar dezenas de *selfies*. Até tive que falar para ela se conter um pouco.

Nos últimos dias, até que ela não está sendo tão insuportável assim, mas sei que isso só se deve ao fato de eu estar fazendo a minha parte e eu duvido muito que me dedure. Pelo menos não por enquanto.

Eu deveria estar superaliviada, mas não estou. E não é por causa dela ou da nossa mentira, e sim pelo Nick. Nós não conseguimos conversar de novo depois do dia em que fui à casa deles. E, como se não bastasse, passou a última semana me lançando olhares de reprovação, decepção e às vezes algo que parecia ser pena.

Tentei falar com ele diversas vezes e fui interrompida por alguém em todas elas.

Nick percebeu a minha intenção e tentou falar comigo, mas todas as suas tentativas também foram frustradas. Percebi que ele ficou um tanto triste por não conseguirmos trocar mais de duas palavras.

Cogitei passar na casa deles no último fim de semana. Só que eu e Alice não somos amigas de verdade e não tenho intimidade para aparecer lá, do nada. Seria muito sem noção da minha parte surgir na casa deles sem ninguém ter me convidado.

Agora, outra semana de aula se inicia e não sei mais o que fazer.

Pesquisei seu nome nas redes sociais, porém o garoto é um ermitão. Completamente *low profile*. Não quero pedir o número dele para a Alice, porque sei que ela ficaria imaginando um milhão de coisas.

Talvez eu possa escrever meu número de telefone em um pedaço de papel e jogar discretamente na sua mochila. É uma opção? Acho que não. Ele ia me achar uma maluca.

Enquanto Alice fala sobre seu fim de semana para as novas melhores amigas, olho para trás de forma discreta para conferir o que ele está fazendo. A cena me lembra o primeiro dia de aula: Nick, concentrado no celular, alheio ao que acontece ao seu redor, como sempre.

Ainda o observo quando meu celular vibra no meu colo. De repente, ele olha para mim. Nossos olhares se encontram, e eu me viro para frente, para disfarçar.

Tenho uma nova mensagem.

Abro.

✦ Capítulo 10 ✦

CARÁTER PROVADO

Meu coração parece um solo de bateria.

Prendo a respiração quando o "digitando..." aparece no topo da tela.

> **Nick**
> Peguei seu número com a Ali...
> Espero que não se importe 😁 07h06 ✓

Eu não acredito nessa coincidência.

Olho para trás e ele continua me encarando. Aquele sorrisinho de lado aparece em seu rosto.

Sorrio de volta, mas logo em seguida me viro para responder à mensagem.

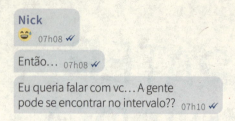

Nick quer me encontrar? Será que ele tomou a iniciativa de falar comigo porque está interessado em mim?

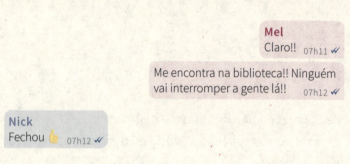

Agora não sei mais se vou conseguir me concentrar na aula. Minha perna direita parece ter vontade própria e não para de balançar.

Confiro se Nick está tão ansioso quanto eu, mas ele parece tranquilo, recostado na cadeira, com os braços cruzados e os olhos fechados. Ele está com sono? Não parece, já que sua boca se mexe, como se estivesse falando sozinho. O que ele está fazendo?

De repente, Felipe, o palhaço da turma, se levanta da cadeira num pulo, no fundo da sala, e assusta todo mundo.

— Galera! O resumo do livro era para hoje ou para semana que vem?

É bem previsível que logo ele tenha esquecido o exercício.

— É para hoje, Felipe — digo, rindo.

Um burburinho meio desesperado começa.

Às segundas, começamos o dia com Literatura. Já no primeiro dia de aula, o professor pediu para fazermos um resumo dos dois primeiros capítulos de *Dom Casmurro*. Nada muito complicado.

O problema é que nosso colégio é bem rígido com as tarefas de casa. Elas valem uma parte da nota final, e quem não faz, além de não ganhar a pontuação, recebe uma anotação na ficha estudantil. Isso influencia diretamente no conselho de classe.

Vou para perto do quadro enquanto o burburinho só aumenta.

— Eeeei — grito alto o suficiente para que todos calem a boca e prestem atenção em mim. — Levanta a mão aí só quem fez o trabalho.

Levanto a minha mão, obviamente, e analiso a sala, em busca de outro ser humano responsável.

— É sério isso, gente? — contesto, em choque ao não ver mais nenhuma mão levantada.

Ninguém fez, nem mesmo Alice e Nick.

O falatório recomeça, e preciso berrar de novo para chamar atenção deles.

— Tá. — Respiro fundo. — Vamos fazer o seguinte. Mesmo tendo feito o trabalho, não vou falar nada sobre ele, e se o professor perguntar, todo mundo finge que ele se confundiu e que é só para a próxima semana. Beleza?

A sala toda bate palma e concorda com meu plano, menos Nick, que está sério e com os braços cruzados.

Volto ao meu lugar bem na hora que o sinal toca. Segundos depois, o professor Fábio entra na sala. Por pouco ele não nos pega no flagra.

— Bom dia, pessoal.

— Bom dia, Fabinho! — todos o cumprimentam, quase em uníssono, num coro desafinado.

Ele arruma a mesa, organiza os papéis que vai precisar para a aula e, depois de analisar a agenda, vasculha a sala toda com os olhos até parar em Nick.

— Nicholas, eu lembro que passei um resumo para vocês, mas acabei não anotando o dia da entrega. Era para hoje ou para semana que vem?

Discretamente, todos os olhares se voltam para Nick. Ele deve ter percebido, mas fixa apenas em mim.

Faço uma súplica silenciosa para que siga o combinado.

— Hoje, professor, mas eu esqueci e acabei não fazendo.

Todos os alunos começam a se debater de frustração em suas cadeiras. Quem não o fulmina com os olhos, choraminga.

Só consigo balbuciar um "por quê?" para Nick, que balança a cabeça, em negativa. Então me lembro de quando fui à sua casa e de suas palavras: mentir nunca é uma opção.

Nick não mente. Pelo jeito, em hipótese alguma.

E por alguma ironia do destino, do universo ou sei lá de quem, o professor escolheu logo ele para perguntar.

— Ninguém fez, é isso? — pergunta Fabinho, ao perceber a insatisfação generalizada. — Bom, infelizmente

não vou poder adiar o prazo, senão vamos atrasar o cronograma — avisa ao ver que ninguém se pronunciou.

Depois de o plano ser frustrado, não faz sentido mentir. Uma coisa é colaborar com o grupo para todos entregarem semana que vem. Outra coisa é me prejudicar a troco de nada. Eu fiz o resumo e ele está bem na minha frente. Não posso manchar meu histórico perfeito por causa de um mísero trabalho logo na segunda semana de aula.

— Eu fiz, professor. — Levanto-me e coloco o resumo em sua mesa. — Desculpa, gente — suplico, encarando a turma, e volto ao meu lugar.

— Muito bem, Melissa — exalta Fábio. — É lógico que a nossa aluna-modelo não ia se esquecer de fazer.

Sento-me em meu lugar, com o rosto queimando.

O burburinho recomeça e só é silenciado quando o professor bate o apagador no quadro.

Assim que o professor sai, Diego e outros dois amigos seus vão em direção a Nick. Eu temia que isso acontecesse. Sabia que eles não iam deixar barato.

Ao perceber a movimentação dos garotos, Nick se levanta para e tenta sair da sala. Ele provavelmente quer evitar confusão, mas, antes que consiga chegar na porta, Diego o impede.

— Qual é a sua, hein? — Dá um pequeno empurrão no ombro de Nick. — Não ouviu o que a Mel combinou, ou você tem algum problema?

— Relaxa, cara. — Nick dá um passo para trás. A discussão mal começou e seu semblante já está cansado. Acho que ele também já previa essa situação.

— Relaxar? — Diego aponta para o resto da sala.

— Você ferrou com geral. Custava ter seguido o plano?

— Para mim, sim. — Ele respira fundo. — Olha, eu não te devo satisfações, mas, como cristão, mentir não é uma opção para mim, mesmo que...

Diego solta uma gargalhada sarcástica bem na cara de Nick.

— Cristão? — debocha. — Foi por isso que você ferrou com a gente? — O imbecil cospe repulsa a cada palavra. — Porque é cristão?!

Diego volta a rir e todos na sala o seguem. Nick acaba de virar motivo de piada para o resto do ano. Lembro do sonho que tive no dia em que Alice começou a me chantagear, e vê-lo ser humilhado desse jeito me dá o mesmo aperto no peito daquela noite.

— Gente, para com isso! — falo mais alto que o normal, por impulso. — Deixa ele.

Sou completamente ignorada.

— Você tem o quê? Oitenta anos? — Diego levanta as mãos em rendição e começa uma imitação satírica. — Eu não minto, blá-blá-blá. O que mais? Vai querer dar lição de moral na gente também, tiozão? — Mais outro empurrão.

Para minha surpresa, Nick aguenta firme, mesmo com todos da turma rindo dele. Se fosse eu, já teria saído correndo, aos prantos. No entanto, ele não parece abalado, só um pouco estafado. Ao invés de rebater, prefere ficar calado e tenta sair mais uma vez, mas Diego o segura pela gola de sua camisa.

— Cara, me solta. — O tom de Nick ainda é incrivelmente calmo. — Eu não vou cair na sua pilha e muito menos brigar com você. Só fiz o que achava certo. E faria de novo.

Diego está quase rasgando a camisa de Nick. Pelo visto, ele não vai conseguir sair daqui. Preciso fazer alguma coisa.

— Parem com isso!

Corro até onde eles estão e uso toda a minha força para separá-los. Diego tenta me impedir, empurrando-me para o lado e eu quase caio no chão. Nick me segura pelo braço para impedir que eu me machuque e só me solta ao ver que recuperei o equilíbrio.

Quando se dá conta de que me acertou, Diego tem um vislumbre de sanidade e solta a camisa.

— Fica esperto, moleque — ameaça-o, com o dedo quase enfiado na cara dele.

Assim que Diego se afasta, Nick finalmente vai em direção à porta. Antes de sair, olha em minha direção e aponta para o celular de forma sutil. Com essa confusão, tinha até me esquecido do nosso combinado.

Espero uns dois minutos antes de ir, para disfarçar. Não que alguém esteja prestando muita atenção em mim agora, afinal, todos estão ocupados, fofocando sobre a briga. Carol resmunga e pergunta à Alice o porquê da atitude de seu primo, enquanto Isa tenta acalmar os ânimos do namorado.

Saio de fininho da sala e encontro Nick na porta da biblioteca. Ele parece irritado?

Olho ao redor para conferir se estamos sozinhos. O lugar ainda está bem vazio. Faço um sinal com a cabeça para que me siga. Caminho até o ponto escondido no qual Alice me flagrou semana passada e um frio sobe pela minha espinha. Péssima memória.

— Pronto. Aqui ninguém vai interromper a gen...

— Não era para você ter se metido na discussão — ralha, com a testa toda enrugada.

O quê? Ele está mesmo me dando uma bronca por ter impedido que o Diego desse uma surra nele?

— Eu só tentei te livrar de levar um socão bem na cara. — Cruzo os braços. — Desculpa por tentar te ajudar. — Não consigo evitar o sarcasmo.

Nick levanta as sobrancelhas, meio em choque. Uma fração de segundo depois, sua expressão facial volta à apatia de sempre. Mas, mesmo sendo uma mudança rápida, eu vi. Pelo jeito, ele não esperava que eu reagisse dessa maneira.

No primeiro dia de aula, agiu com total indiferença. Mas foi o oposto quando fui à sua casa, ele estava mais brincalhão e acolhedor, eu diria. Tudo bem que, nesse dia, Alice e eu recebemos uma baita bronca dele, além de muitos olhares de decepção e descontentamento durante a semana. Porém imaginei que já tínhamos passado dessa fase e ele não voltaria a me tratar com frieza.

— Não é isso. É que... — engole seco — o Diego podia ter te machucado.

Espera. É muito difícil decifrar esse garoto, mas não acho que ele esteja mesmo irritado.

— Você ficou preocupado comigo? — Estreito os olhos.

— Ficaria preocupado com qualquer um que se metesse no meio de uma briga.

Aff! Nick é a definição de morde e assopra. Como ele consegue ser um cubo de gelo e depois uma areia quentinha? Definitivamente é um mistério.

— Enfim — ele se encosta numa prateleira e muda de assunto. — Te chamei aqui para continuar a conversa que tivemos lá em casa. — E, do nada, o garoto parece mais animado.

Como eu disse, uma verdadeira montanha-russa de humor.

— Eu tentei falar com você a semana toda, mas não consegui.

— Percebi. — Aquele sorrisinho de lado me desestabiliza por alguns segundos. — Imagino que aqui a Ali não vai atrapalhar nossa conversa. — Nós rimos e eu assinto com a cabeça.

— Mas, antes — digo, ainda intrigada com os últimos acontecimentos —, precisava mesmo fazer aquilo? Todo mundo ficou com raiva de você.

— Não era minha intenção prejudicar ninguém. — Seu semblante parece triste. — Mas eu não podia fazer o que vocês pediram.

— Eu não consigo entender. Fora que eu nunca te vi andando com ninguém até hoje, e depois do que aconteceu, vai ser difícil se enturmar. — Diria impossível. — Você não se importa de estar sempre sozinho?

— Eu nunca estou sozinho, Melissa. — Ele sorri, tranquilo. — E era exatamente sobre isso que eu queria falar com você.

— Ah, você tá aí — ouço a voz de Alice ressoar atrás de Nick. — Eu te procurei pela escola toda até lembrar desse seu cantinho secreto.

Capítulo 11

OBRA-PRIMA

★ ★ ★ ★ ★

Mas não é possível! Só pode ser brincadeira.

Não sei se é real ou apenas coisa da minha cabeça, mas, da mesma forma que sinto algo me puxar para perto de Nick e me fazer ansiar pelo que ele tem a me dizer, parece que outra coisa sempre tenta me afastar.

— Como é que você faz isso? — Nick passa a mão pelo cabelo, um tanto exasperado.

— Faço o quê? Pera aí — Ela levanta as sobrancelhas e dá um sorrisinho sugestivo. —Primeiro você me pede o número da Mel. — Seus olhos se estreitam mais a cada palavra. — E agora está aqui, sozinho com ela, nesse canto suspeito. Posso saber o que vocês estavam fazendo? — cruza os braços.

Meu rosto fica instantaneamente quente com a insinuação dela. Quando olho para Nick, percebo que o coitado está tão constrangido quanto eu, mas consegue disfarçar melhor.

— Não é nada disso que você tá pensando, a gente só tava conversando. — Corta o assunto e olha para mim. — Melhor deixar a conversa para outra hora.

Triste por não podermos continuar o assunto agora mesmo, mas sem ter outra opção, só assinto com a cabeça.

— Ei. — Alice o impede de sair. — Qual o seu problema? Por que você fez aquilo lá na sala?

— Você já sabe o porquê — diz ele, firme e sereno ao mesmo tempo.

Encaro suas costas enquanto caminha até o fim do corredor. Assim que Nick some, viro-me para Alice, que ainda está com a cara bem sugestiva.

— E então, o que tá rolando, hein?

— Não tá *rolando* nada. — Reviro os olhos. — Como seu primo disse, a gente só tava conversando.

— Aham. Vou fingir que acredito.

— Você disse que estava me procurando. — Tento mudar de assunto.

— Ah, verdade. — A bonita atrapalha e ainda esquece o motivo. — Eu ia te falar que comprei umas coisas esse fim de semana e queria que você fosse lá em casa para dar uma olhada. Dá para passar lá hoje e me ajudar a fazer umas combinações?

— E eu tenho escolha? — Dou um sorrisinho falso.

— Vamos fingir que tem. — Ela retribui com um mais falso ainda.

O resto da aula é uma verdadeira torta de climão. Todos espumam de raiva de Nick e não perdem uma oportunidade de soltar comentários ácidos direcionados a ele. Apesar de parecer indiferente, vejo a mandíbula se contrair sempre que acontece.

Ele pode até não se importar, mas não significa que isso não o afete de alguma forma.

Depois de almoçar com a vovó, sigo para a casa de Alice e, mais uma vez, sou recebida por Nick.

— Oi, Melissa. — Ele franze o cenho ao me ver. — Você tá procurando a Ali?

— Sim, hoje cedo ela me pediu para vir aqui depois da aula. — Agora quem está confusa sou eu. — Ela não tá em casa?

— Não. Assim que a gente chegou, minha tia pediu para ela ajudar com a avó.

— Ah. Ela não me avisou. — Aperto a alça da bolsa. — A vó dela tá bem?

— Tá, sim — ele me tranquiliza. — Só foram fazer companhia e ver se ela tava precisando de alguma coisa.

— Então — começo a me despedir, porque, como ele ainda não me convidou para entrar, imagino que não queira que eu fique.

— Pode esperar aqui, se quiser. — Parece que leu meus pensamentos. — Acho que a Ali não vai demorar.

Ficar sozinha com Nick? Seria um pouco constrangedor, mas também uma ótima oportunidade de saber mais sobre ele e sobre o que acredita.

— Se você não se importar — respondo, caminhando em direção à sala.

Nick não me acompanha, continua parado ao lado da porta aberta e enfia as mãos nos bolsos.

— Acho melhor a gente esperar aqui na varanda. — Aponta com a cabeça para o espaço do lado de fora. — É que não tem mais ninguém em casa.

Não entendo muito a razão disso, mas sorrio e assinto, voltando para a entrada. Nick fecha a porta atrás de si e me acompanha até os bancos de madeira que decoram a área externa.

— Será que agora a gente finalmente consegue conversar sem a Ali brotar do chão? — pergunta, com um sorrisinho travesso no rosto.

Para ser sincera, não sei qual versão dele gosto mais. O lado brincalhão é imprevisivelmente fofo, mas o lado indiferente também tem seu charme. Às vezes é sério e misterioso, outras é cuidadoso e divertido. Seria ele o melhor dos dois mundos?

— Espero que sim. Admito que estou bem curiosa. — Minha resposta serve tanto para a pergunta que ele me fez quanto para a que fiz a mim mesma.

— Sobre o quê?

Não estamos muito perto um do outro. Nick está no banco oposto ao meu, e há uma mesinha de madeira entre nós. Apesar disso, ainda sinto o olhar penetrante dele fixado em mim. Preciso me controlar para não ceder à vergonha e virar o rosto.

— Bom, sobre o motivo da sua atitude na escola — começo a listar. — Sobre você estar sempre sozinho e, mesmo assim, ter dito que nunca está sozinho. Sobre o que você acredita e por que tem essa coisa em você.

— Que coisa? — Levanta uma das sobrancelhas.

— Eu não sei explicar, e você vai me achar doida, mas tem algo diferente em você. Sei lá, uma energia, uma coisa boa, uma... — digo e tento lembrar a palavra certa — paz. Senti desde o primeiro dia.

Nick sorri de um jeito sincero, um sorriso que vem da alma, como se estivesse satisfeito e genuinamente feliz com o que ouviu.

— E você já se sentiu em paz assim alguma vez na vida?

Cheguei a me perguntar isso na primeira vez que o vi e não gostei da resposta.

— Não. — Abaixo a cabeça. — Nunca.

Nick levanta e se senta no mesmo banco que eu. Não muito longe, mas também não muito perto.

— Você acredita em Deus, Melissa? — Ele olha dentro dos meus olhos.

Minha avó nunca foi religiosa, então não costumo pensar muito no assunto. Ela até tem uma Bíblia, daquelas que ficam sempre abertas na mesma página, em um pedestal na sala, só que não me lembro de vê-la lendo.

Nas poucas vezes que pensei nisso, não descartei a possibilidade de haver um ser superior em algum lugar do universo. Mas, se Ele existe mesmo, nunca facilitou a minha vida. Além disso, acho um pouco difícil acreditar em algo que não consigo ver ou com o qual não posso falar pessoalmente.

— Talvez. — É o que respondo. — Não sei bem, na verdade.

— E o que te faz não ter certeza?

— Acho um pouco ingênuo acreditar que há um ser por aí, ainda mais um todo-poderoso, disposto a perder seu tempo para cuidar de nós. Por que alguém assim se importaria com a gente, sabe?

Nick fica pensativo e calado por alguns segundos. Será que eu o ofendi?

— Desculpa. Não quis ofender. Eu realmente quero entender por que você acredita tanto nisso tudo. Ninguém nunca falou comigo sobre Deus, religião e essas coisas, então não tenho informações suficientes para ter uma opinião concreta sobre o assunto.

— Você não me ofendeu de forma alguma. — Ele sorri numa clara tentativa de me acalmar. — Pelo contrário, achei uma ótima pergunta. Mas, para ser sincero, eu não sei. — Dá de ombros, ainda sorrindo sem mostrar os dentes.

O quê? Como assim não sabe?

— Olha — Nick deve ter percebido a minha cara confusa e começa a se explicar. — Só sei que Deus nos criou e Se importa com a Sua criação. Não sei bem a razão de Ele ter criado a gente, mas imagino que seja como um pintor que resolve pintar um quadro. — Ele se ajeita no banco, empolgado. — Imagine que você é uma artista que já pintou vários e vários quadros, e todos eles ficaram muito lindos, só que, um dia, você tem uma ideia genial e cria sua mais bela obra. Você a coloca no melhor lugar da sua galeria e a admira todos os dias. Mas as pessoas começam a dar pitaco em como você deveria ter feito o quadro e algumas tentam até modificar uma coisa ou outra. — Nick faz uma pausa para que eu assimile as informações, sem desviar o olhar do meu. — O que você faria nessa situação?

— Eu... — digo enquanto ainda penso em uma resposta — acho que o guardaria em algum lugar só para mim. Não ia querer que nada de ruim acontecesse com ele ou que, por conta dos palpites, ele acabasse diferente do que idealizei.

— Por quê?

— Porque ele já seria perfeito para mim do jeito que eu criei.

— Mas você teria outras obras.

— Acho que seria diferente — concluo. — Pelo que você falou, esse quadro seria a minha obra-prima.

— E se for assim que Deus Se sente? — Nick sorri com satisfação. — Talvez porque nós somos a obra-prima Dele. Mas, diferente do quadro, nós podemos nos modificar sozinhos.

— Nossa! — Solto uma lufada de ar.

Algo indescritível cresce dentro de mim ao compreender o que ele quis dizer com tudo isso. Além disso, ver a forma como o seu rosto se iluminou a cada frase foi de aquecer o coração. Nick parece ser muito feliz por acreditar nisso.

— Mas ainda não entendo o motivo de você ter falado a verdade para o professor. — Isso ainda não saiu da minha cabeça. — Você não gosta de mentiras, eu entendi essa parte, mas será que Deus acharia tão ruim você fazer isso para não prejudicar seus colegas? Ele não ia entender que sua intenção foi boa?

— Não importa a intenção, mentira é mentira, e uma hora ou outra as coisas acabariam mal — responde, categórico. — Deus nos ensina que não devemos mentir, pois nada de bom resulta de uma mentira.

— Certo, mas eu não conseguiria ficar tão tranquila sabendo que tá todo mundo morrendo de raiva de mim.

Nick solta um suspiro resignado e volta ao banco no qual estava sentado antes. Isso não parece entristecê-lo.

— Minha prioridade é sempre agradar a Deus, Melissa. Eu realmente não me importo com o que acham de mim, muito menos se eu tô agradando ou não, especialmente se o que eles esperam de mim for contra tudo aquilo em que creio.

— Mas...

— Além disso, eu não prejudiquei ninguém. Todo mundo esqueceu de fazer o trabalho, e tivemos a consequência que merecíamos. — Ele tem um ponto. — Não me arrependo nem um pouco de ter dito a verdade. Pelo contrário, tô feliz por ter tido coragem de fazer isso e espero de coração que um dia você consiga me entender.

A ideia de não me importar com o que pensam sobre mim parece surreal. Todas as minhas decisões nos últimos anos foram tomadas com a intenção de cumprir com as expectativas das outras pessoas. Até porque eu acho que a única forma de fazer eles gostarem de mim é ser quem eles esperam que eu seja.

Não é?

Sempre acreditei que tudo seria mais fácil assim. Só que, agora, ao ouvir as palavras de Nick e ver como ele está tranquilo e feliz com suas escolhas, questiono tudo.

Se a minha maneira de viver for mesmo a mais fácil, e já não sei se creio nisso, será ela a melhor maneira?

Vivo com medo de ser descoberta ou de me contradizer em algum momento, fora a ansiedade e a insônia que consomem as minhas energias. Sinto que, cada vez que reafirmo uma mentira ou conto uma nova, mato uma fração do meu verdadeiro eu. É como se estivesse sufocando, soterrada em angústia.

Ao contrário do que acreditei até hoje, talvez o meu jeito não seja mesmo o mais fácil, muito menos o melhor.

Capítulo 12

SONHO AMERICANO

Não sei quanto tempo fiquei perdida em meus pensamentos até me dar conta de que Nick ainda está na minha frente. Ele me observa, calado. Acho que percebeu que ainda reflito sobre o que ouvi, e respeita o momento. A cada atitude sua, admiro-o mais.

O silêncio entre nós já começou a ficar esquisito e sei que preciso rompê-lo. Mas, antes que consiga pensar em algo para dizer, ouço o som de uma conversa indistinta se aproximando.

— Você esqueceu de avisar pra Melissa que ia se atrasar — Nick repreende a prima assim que a vê.

A mãe de Alice nota a minha presença e me analisa com uma expressão confusa. Depois de alguns segundos constrangedores, ela finalmente parece ter me reconhecido e esboça um sorriso surpreso.

— Melzinha? É você mesmo?

Melzinha. Não ouço esse apelido há muito tempo.

— Oi, tia Fernanda. — Levanto-me com o meu melhor sorriso no rosto. — Quanto tempo! — Damos um abraço apertado.

Eu a admirava muito em minha infância. Mesmo agora, um pouco mais velha, ela continua linda, bem como eu me lembrava. Sempre que minha avó precisava resolver alguma coisa, deixava-me com a tia Fernanda, e eu amava quando isso acontecia, porque ela era muito divertida e inventava uma brincadeira mais maluca que a outra. Não sei como Alice é assim se tem uma mãe tão legal.

Confesso que, em nossa infância, eu sentia muita inveja dela por ter uma mãe incrível e, às vezes, me pegava fantasiando sobre como minha vida seria diferente se ela fosse minha mãe.

— Oi, meu amor! Não acredito no quanto você cresceu. — Ela desfaz o abraço, mas não solta meus ombros, e dá uma boa olhada em mim. — Meu Deus, como você tá linda.

— Obrigada, tia.

— Tá, tá. Já deu. A gente tem muito o que fazer. — Alice entra no meio, afastando sua mãe de mim.

— Por que você não me disse que tinha reencontrado a Melzinha? — pergunta à filha.

— Agora você tá sabendo. Se nos der licença, precisamos resolver umas coisinhas — comenta ela, enquanto me puxa para dentro de casa.

— Muito feliz em te rever, Melzinha. Mais tarde levo um lanchinho para vocês! — Ouço o som da sua voz ficar cada vez mais distante conforme sou arrastada pelo corredor.

Entro no quarto de Alice e, em cima da cama, deve ter umas quinze sacolas espalhadas.

— Por acaso você comprou o *shopping* todo? — brinco, com os olhos arregalados.

— Acho que exagerei um pouco, né? — Ela ri e se joga na cama, por cima das sacolas. — É que tinha tanta coisa parecida com o que você usa, que não sabia qual escolher.

— Aí resolveu comprar todas? — Estou me controlando para não rir.

— Eu não tinha outra escolha — Alice finge um drama.

Nós duas nos encaramos por alguns segundos antes de termos uma pequena crise de riso.

— Você nem parece mais aquela menina que ia comigo comprar bonecas na loja de R$ 1,99 aqui do bairro — digo, ainda rindo, e abro uma das sacolas. — Queria eu poder sair levando tudo o que quero — deixo escapar, com uma careta desgostosa.

— Mas — diz Alice, com uma ruguinha entre as sobrancelhas — você só anda com roupa cara e bolsa de marca. Sei que mente sobre algumas coisas, mas a parte de ter ficado rica, eu achei que fosse verdade.

Droga! Falei demais. Já não basta tudo o que ela sabe sobre mim, agora acabei de dar mais uma informação comprometedora. Mas, agora, as palavras já saíram da minha boca, não tem mais como reverter.

Como vou explicar que tenho tanta coisa cara sem contar a verdade?

— Espera. — Alice se levanta, como se estivesse em meio a uma epifania. — Suas coisas são falsas?

Ótimo. Não sei o que é pior: ela contar para todos a *verdade* sobre as minhas coisas ou todos acharem que ando com roupas falsas. Se bem que essa mentira não ia colar. Ricos sabem reconhecer falsificações.

— Não é isso. — Dane-se! Ela já sabe o suficiente para me arruinar. Mais uma informação não vai fazer tanta diferença. — É que a Catarina paga a mensalidade da escola, e só aceitei receber as coisas de marca porque não dá para sobreviver lá no Cesari usando as minhas roupas normais.

Por um tempo, Alice parece refletir sobre o que eu disse.

— Entendi. — Ela até parece um pouco triste. — Mas porque sua mãe resolveu pagar sua escola?

— Sei lá — Já estou cansada do rumo dessa conversa. — Eu não quero falar daquela mulher. Podemos ver as roupas?

Ela se limita a assentir e começa a despejar o conteúdo das sacolas em cima da cama.

Pouco mais de uma hora depois, já montamos ótimas combinações e penduramos nos cabides. Felizmente, as compras foram proveitosas, então não foi muito difícil.

— Quem é você e o que fez com a Alice? — indago, em tom de brincadeira.

— Aparentemente você é uma ótima professora — confessa ela, rindo.

Logo em seguida, um silêncio constrangedor se instaura. Para a nossa sorte, uma batida na porta rompe o climão. Tia Fernanda pede licença e entra no quarto com um sorrisão no rosto.

— Ouvi as risadas de vocês lá de fora e não queria interromper a diversão, mas — fala, sem fazer a menor noção do que realmente está rolando — já tá na hora de você se arrumar pra terapia, filha.

Alice apenas concorda, um tanto sem graça. Imagino que ela não queria que eu soubesse que faz terapia. Só que, como sua mãe acha que ainda somos melhores amigas, não deve ter visto problema em dizer isso na minha frente.

Quando tia Fernanda sai e a porta se fecha, Alice se levanta e para em frente ao guarda-roupa para escolher o que vestir.

— Tá tudo bem com você? — aproveito que ela está de costas para perguntar.

— Não é porque faço terapia que tem algo de errado comigo. — O tom de sua voz sai mais alto do que o necessário.

— Só perguntei porque fiquei preocupada. — Levanto as mãos em rendição.

E não é mentira. Por mais que ela seja minha inimiga jurada, não consigo ignorar algo assim. Sei o quanto é pesado lidar com minhas crises e a insônia. O ditado "não desejo esse mal nem para o meu pior inimigo" cabe perfeitamente nessa situação.

— E não tem problema algum em fazer terapia. Queria eu ter dinheiro para fazer também. — Tento suavizar a situação. — Você, mais do que ninguém, sabe a confusão que eu sou.

Dou risada da minha autodepreciação e Alice me olha, com um sorriso um pouco sofrido nos lábios.

O que pode ter acontecido com ela no tempo que ficamos separadas para deixá-la tão desesperada por atenção ao ponto de, mesmo fazendo análise, se ver obrigada a me chantagear?

Ou será que nada aconteceu e ela só se tornou um ser humano ruim mesmo?

— Como foram as coisas nos Estados Unidos? — pergunto, sem conseguir me conter. Seu corpo enrijece e eu continuo. — Você não gostou de morar lá?

Alice fica em silêncio antes de se virar e me encarar; aparentemente ela tenta decidir se deve ser sincera comigo ou se me manda catar coquinho. Pela respiração dela, tenho certeza de que toquei num tópico sensível.

— Eu até gostava da cidade — diz, por fim. — Tinha muitas coisas divertidas para fazer, mas o problema era a escola. Eu definitivamente não vivi o sonho americano. — Solta uma lufada de ar pelo nariz, sarcástica.

No dia em que me chantageou, Alice jogou na minha cara que continuou excluída mesmo depois que foi embora, enquanto eu aproveitava a minha popularidade aqui. Imaginei que ela só tivesse ficado sozinha e excluída, mas, pela mágoa que sinto em suas palavras, talvez algo a mais tenha acontecido.

— Você sofria *bullying*? — tento juntar as peças.

— Ter todo o conteúdo de uma lata de lixo jogado em cima de você conta como *bullying*? Ou talvez nunca conseguir comer no refeitório porque, sempre que tenta, alguém derruba seu almoço ou cospe nele? — A frase sai sarcástica, mas seu rosto está triste.

Sei bem como é sentir a raiva e a angústia da solidão. São tantas emoções para processar que Alice deve ter se sentido muito impotente.

— É, acho que conta, sim. — Uso um tom mais leve para amenizar o clima tenso. — E acho que sua psicóloga tá tendo um trabalhão com você.

Ela ri. Vejo em seus olhos uma espécie de gratidão, provavelmente porque não a enchi com mais perguntas e não a tratei como uma coitada digna de pena. Já recebi vários olhares assim e sei o quanto é sufocante.

Mexo no cabelo para disfarçar o quanto estou chocada com a revelação.

Nunca me passou pela cabeça que ela teria passado por algo assim. Se estivesse no lugar dela, como eu estaria agora? Não vivi metade dessas coisas e ainda assim cheguei ao ponto de mentir para a escola inteira. Sei que nada justifica a chantagem, mas agora, mais do que ninguém, compreendo o que a levou a esse extremo.

No fim das contas, não somos tão diferentes. Somos apenas duas garotas desesperadas por aceitação, capazes de fazer o que for necessário para nos sentirmos incluídas.

Sou inundada por uma onda de compaixão e um desejo de retomar nossa amizade, só que eu não posso esquecer da chantagem. Posso até compreendê-la um pouco mais agora, mas nosso relacionamento já está manchado. Não conseguiríamos passar uma borracha em tudo e agir como se nada tivesse acontecido.

Não sei se o que ela está fazendo comigo é algo que dê para perdoar.

— Sua mãe acabou de ligar, queria falar com você — diz minha avó ao me ver entrar em casa. — Avisei que você não estava.

Fecho a cara na hora. Eu estava tão bem depois da minha conversa com Nick. Saber disso só serviu para fazer meu sangue ferver.

— Não falaria com aquela mulher, mesmo que eu estivesse em casa.

— Ah, meu amor. — Vovó se aproxima e segura as minhas mãos. — Eu sei que é difícil, mas você poderia tentar dar uma chance para ela. Acho que sua mãe está mesmo arrependida.

Puxo minhas mãos e irrompo corredor adentro.

Pouco me importa se ela se arrependeu ou não. Assim como a minha relação com Alice, a nossa também está manchada. Só que eu nunca, nunca mesmo, conseguirei perdoar a Catarina.

— Isso é problema dela, não meu — resmungo, mais para mim mesma do que para a vovó e bato a porta do quarto.

Capítulo 13

A PRIMEIRA VERDADE

Ao longo da semana, continuo a fazer um esforço absurdo para incluir Alice em todas as rodinhas. Meus supostos amigos até são receptivos com ela, mas acredito que, por enquanto, seja só para me agradar, já que, de vez em quando, ela não consegue disfarçar seu verdadeiro eu e fala umas coisas bem estranhas.

Ontem mesmo, ela disse que os humanos deveriam ter rabo, porque isso facilitaria muito a vida. Quem é que diz uma coisa dessas, meu Deus do céu?! Ainda mais na frente dos populares.

Apesar disso, no geral, meus planos estão indo bem, e ela está se adaptando ao grupo, mas eu estou incomodada com o Nick. Não conversamos desde aquele dia na sua varanda.

Para piorar, sempre que vê Alice e eu juntas, nos encara com desapontamento. Tenho consciência de que o conheço só há alguns dias e conversamos umas três ou quatro vezes, então não sei muito sobre ele. Ainda assim, sinto meu coração pesar toda vez que vejo a decepção em seus olhos.

Não acho que seja um julgamento da parte dele. Imagino que ele só queira deixar claro que não concorda com o que fazemos e que não queria que vivêssemos assim. Só que, diferente de nós, ele não sabe como é ser excluído. Nick poderia ser o mais popular do Cesari se quisesse, mas escolheu ficar sozinho, e isso é completamente diferente. Ele nunca vai compreender o que é se sentir como eu.

Hoje já é quinta-feira e estou exausta. Não vejo a hora de o fim de semana chegar para eu poder me recolher debaixo das minhas cobertas e assistir a uns trinta filmes com meu pote gigante de pipoca.

Eu e as meninas conversamos no corredor enquanto o sinal não toca. Logo Diego aparece, nada sutil, como sempre.

— E aí, gata. — Beija a namorada.

— Cadê, cadê? — pergunta Isa, animada.

Diego abre a mochila e pega um bolo de envelopes extravagantes lá de dentro. Isa quase tem um treco e meu coração dispara assim que entendo o que isso significa.

— Todo ano, eu entrego os convites com muita antecedência, mas, dessa vez, quis fazer diferente.

— Ele queria testar se a festa era assim tão aguardada e se as pessoas iriam, mesmo que fossem convidadas só um dia antes — Isa revira os olhos, debochada.

Em resumo, ele queria alimentar o próprio ego.

— Eu estava supertriste achando que não ia ter festa esse ano, Di. — Carol parece a mais empolgada de todas.

Não acredito nisso. Se soubesse antes, teria mexido alguns pauzinhos para garantir o convite da Alice, mas eu estava completamente no escuro. Essa semana, até cheguei a perguntar para a Isa se haveria a tal festa, e a cara de pau negou.

Alice me encara com os ombros rígidos e se aproxima do meu ouvido.

— Acho bom eu estar nessa lista — sussurra em tom de ameaça.

Começo a suar frio. Essa é a grande prova de fogo. Se ela estiver na lista, meu trabalho estará feito, será a confirmação de que foi aceita de maneira oficial. Mas, se o Diego não a chamar para a festa, não sei se consigo reverter a situação, já que tenho menos de um mês para cumprir o nosso "acordo".

— Para o meu amor. — Ele beija um envelope e entrega para a namorada.

— Como se eu precisasse de convite. Eu sou convidada VIP, meu bem. — Isa esnoba, e ele a agarra pela cintura.

— Um para a cachinhos de Mel — diz, entregando-me o envelope com floreio.

— Obrigada. — Faço um esforço absurdo para sorrir e esconder minha tensão.

— Carolzinha. — A loira dá uns pulinhos.

Ele começa a guardar o restante dos convites na mochila e Alice olha para mim como se fosse me queimar viva.

Droga!

— Pensou que eu ia deixar você de fora, né? — Rindo, o imbecil pega os envelopes de volta e bate com o papel de leve na cabeça dela. — Aqui o seu, Ali.

— Sério? — Ela está tão atordoada que até demora para reagir. — Muito obrigada.

O sangue volta a correr nas minhas veias. Acho que nunca senti um alívio tão grande na minha vida inteirinha.

Chegou o grande dia. Alice e eu combinamos de nos arrumarmos juntas para a festa. Então, depois da escola, passo em casa apenas para almoçar e pegar minhas coisas. A vovó faz uma lista de recomendações antes de me deixar sair de casa: ter juízo, tomar cuidado, não beber e um milhão de outras coisas.

Meia hora depois do combinado, chego na casa da Alice, e novamente é o Nick quem abre a porta para mim. Sorrio para ele, um pouco sem graça.

— Isso não tem a menor lógica, mãe! — Estremeço com o protesto de Alice.

Nick olha para mim com os olhos arregalados, como quem suplica por socorro, e abre espaço para eu entrar.

— Eu já disse, Alice. — Tia Fernanda é a calma em pessoa, nada a abala. — Se você quer ir nessa festa, seu primo tem que ir junto. Fim de papo.

— Mas, mãe, todo mundo vai, e eu só posso ir se levar uma babá? — ela insiste. — Eu não sou mais criança.

— Não tem "mas" nem meio "mas", e a senhorita não é todo mundo. Eu não conheço ninguém naquela escola, não vou te deixar ir sem ter alguém para tomar conta de você.

— A Melissa vai estar lá. — Alice cruza os braços. — Ela você conhece.

Tia Fernanda me fita por alguns segundos, e a cara vai ficando cada vez mais preocupada. Alice me olha e faz um gesto com a cabeça, um pedido para que eu diga alguma coisa.

— Eu vou nessa festa todo ano, tia. — Infelizmente. — É bem tranquila. — Até parece.

Nick, que assiste à discussão de braços cruzados, franze a testa para mim. É obvio que ele sabe que estou mentindo.

— Se a Melzinha vai — diz Fernanda, e Alice se empolga já que o início da frase é promissor —, então é mais uma para eu me preocupar. — A garota bate a mão na testa. — O Nick já é maior de idade e dirige, só vou me tranquilizar se ele estiver lá para trazer vocês de volta em segurança.

— Olha — Nick finalmente se pronuncia — não quero ir em festa nenhuma, então eu agradeceria se vocês desistissem.

— *Eu também.*

— O quê? — ele pergunta, confuso, ao meu lado.

— Nada. — Droga! Acho que pensei alto.

Não dá para desistir. Pior do que não ser convidado, é ser convidado e não ir. Seria suicídio social na certa.

— Mas mãe, nem tem como ele ir. — Alice tenta mais uma vez, e eu não me surpreenderia se ela ajoelhasse. — A festa tem lista de convidados, não vão deixar ele entrar.

— Se é assim, você não vai — conclui sua mãe, irredutível, com toda a tranquilidade do mundo.

— Alice — começo a falar —, você não quer perder a festa, né? Então a gente vai com seu primo e lá eu me resolvo com o Diego.

Ela me olha como se eu estivesse com uma melancia no pescoço.

— Mas o Nick tem a personalidade de um velho gagá e vai acabar com o clima — choraminga. — E ele nem quer ir.

— Concordo e assino embaixo. — Ele levanta uma mão.

Dou uma cotovelada de leve na sua costela e ele me encara, meio surpreso com o gesto. Eu e minha mania de forçar intimidade.

— Pode até ser, mas é melhor do que não ir — disfarço e volto ao assunto.

— Viu só? Tá decidido — Tia Fernanda tenta finalizar a discussão, mas Alice continua resmungando.

Nick cruza os braços e chega mais perto do meu ouvido.

— Só vou aceitar, porque sei que vocês iam arranjar um jeito de ir escondido — diz baixinho. — É melhor eu ficar de olho nas duas.

Não seguramos a risada e viro o rosto, bem quando ele faz o mesmo, e nossos olhares se encontram a uma distância milimétrica.

Nick se afasta tão rápido que quase perde o equilíbrio. Ele coça a nuca e não consegue mais olhar para mim direito.

— Fico pronto às nove — avisa e entra apressado no quarto.

Algumas horas depois, nós duas já estamos maquiadas. Alice está finalizando os últimos retoques com o *babyliss*. Para o meu espanto, ela escolheu um justíssimo vestido preto com glitter, decote reto e alcinhas. Cadê a garota dos blusões de estampa duvidosa?

Já eu prefiro um vestido rosê coberto de lantejoulas, menos colado e de mangas compridas. Deixo quatro cachinhos soltos no rosto, com o restante do cabelo preso em um coque alto e bagunçado, de um jeito que parece que não me esforcei muito, mas na verdade passei uns quarenta minutos tentando domesticar o penteado.

Ao chegarmos na sala, Nick já está à nossa espera, sentado no sofá. Está mais arrumado que o normal com um tênis branco de cano médio, calça preta, blusa branca e jaqueta *jeans*.

Alice vai na minha frente e ele não faz nenhum esforço para reparar nela, mantendo os olhos na TV ligada. Só que, assim que me aproximo dele, seus olhos se arregalam um pouquinho, e ele me analisa de cima a baixo antes de soltar um pigarro sutil e arrancar um fio inexistente da jaqueta.

Tento me conter, mas não consigo controlar o sorriso bobo que surge no meu rosto. Nunca me olharam desse jeito meigo e inocente.

Nota mental: não me apaixonar pelo Nick!

O segurança está na porta, prestes a recolher nossos convites, e eu já passo pelo primeiro estresse da noite antes mesmo de entrar na festa. Engulo em seco e olho para os meus dois acompanhantes, que parecem tão inquietos quanto eu.

— Qual o plano? — pergunta Nick.

— Eu vou pedir para ele chamar o dono da festa, aí explico a situação pro Diego.

Ele retorce a cara de um jeito engraçado.

— Você tá lembrada que o Diego não vai muito com a minha cara, né?

— Não acredito. Esse era mesmo o seu plano? — Alice me encara como se eu fosse louca. — Achei que tinha sido só uma desculpa pra minha mãe e que você ia pensar num jeito de se livrar do Nick.

— Ei. — Ele cruza os braços e finge estar ofendido. — Eu tô ouvindo.

— Calma, gente. Vai dar certo. — Tento convencer mais a mim do que a eles.

Cinco minutos depois de pedir ao segurança para chamar o Diego, ele aparece, já um pouco alterado, com Isa em seu encalço usando um vestido que beira o indecente.

— Amiiiga! Você chegou! — A voz dela está arrastada. — Por que vocês ainda estão aqui fora?

Diego encara Nick com os punhos cerrados. Rapidamente, eu me coloco entre os dois para evitar que uma briga comece antes mesmo de conseguir falar.

— O que *ele* está fazendo aqui? — questiona Diego entredentes.

— Então, é que eu fui me arrumar na casa da Alice, e como o Nick dirige, pedi que ele trouxesse a gente, por questão de segurança, sabe? Não queria pegar um Uber sozinha no meio da noite. Eu juro que você não vai nem perceber que ele está aqui — suplico com os olhos para que Isa me ajude a convencê-lo.

— Não foi bem... — Nick começa a falar, mas Alice lhe dá uma cotovelada na barriga.

— Vai amor, deixa ele entrar. Mais um não vai fazer diferença, e é a Mel que tá pedindo. — Isa faz beicinho para o namorado.

— Tá bom. — Aponta o dedo na cara do Nick. — Mas é melhor você não aparecer na minha frente.

— De boa, cara — responde ele, com as mãos espalmadas.

Depois que Diego dá as costas, Alice e eu nos entreolhamos, aliviadas, e entramos na festa.

Umas cem pessoas estão espalhadas pelo salão. Elas dançam e bebem enquanto garçons uniformizados passam entre elas e enchem ainda mais seus copos.

Ouço Nick gritar alguma coisa atrás de nós, na tentativa de superar o volume da música, mas não consigo entender suas palavras. Deve ter avisado que ia se sentar em algum lugar, pois é exatamente o que faz em seguida. Ele escolhe o canto mais vazio da festa e se concentra no celular.

Suspiro e tento criar força de vontade para encarar esse caos. Diferente de mim, os olhos de Alice disparam pelo lugar e ela está fascinada com tudo.

— Isso tá incrível! — grita no meu ouvido, ao mesmo tempo que analisa os mínimos detalhes da festa, com um sorriso de orelha a orelha.

Um garçom passa bem na minha frente com a bandeja cheia de taças de espumante. Pego duas e bebo de uma vez. Alice me olha boquiaberta. Não sou capaz de enfrentar essa noite de outra maneira. Já me sinto sufocada e não tem nem cinco minutos que estou aqui. Preciso adormecer minha mente se eu quiser sobreviver a essa noite.

— Vocês chegaram! — Carol surge com um vestido preto e um decote imenso. — E estão um arraso!

Vamos juntas para a pista e logo começamos a dançar no ritmo da música eletrônica que o DJ está mixando. Tento acompanhar as duas, mas as coisas começam a rodar um pouco.

Uma vozinha na minha cabeça diz que beber duas taças de uma vez de estômago vazio talvez não tenha sido uma boa ideia. Deve ser o meu bom senso, que, pelo jeito, tenho mantido amordaçado em cativeiro.

O que eu estou fazendo? Eu nem bebo!

Preferia estar em casa agora, ou em qualquer outro lugar. Para ser sincera, queria mesmo era estar numa boa conversando com o Nick.

Atrevo-me a procurá-lo. Flagro ele me observando quando nossos olhares se encontram. Ele levanta a cabeça e de repente o teto vira a oitava maravilha do mundo.

Será que ele estava mesmo olhando para mim, ou só tomava conta da prima?

Eu não bebi o suficiente para imaginar coisas, né?

Alice interrompe a minha linha de raciocínio e me puxa para falar algo. Para ouvi-la, preciso desviar da garçonete que serve as bebidas na pista. Ao fazer isso, esbarro em ninguém mais, ninguém menos que a Bianca, a pessoa que, dentre todas aqui, mais queria evitar.

Para piorar, o copo na mão dela ficou vazio, pois todo líquido que era para estar ali acabou entornando em seu vestido de seda branco (que deve ter custado um rim), que agora é uma mistura de laranja, vermelho e azul.

— Qual é o seu problema?! — grita Bianca.

Todos os músculos do meu corpo se contraem antes de eu perceber que não é comigo.

É com a garçonete da qual me desviei.

Ao meu lado, a funcionária está prestes a entortar a bandeja que segura. Acho que ela nem sabe do que está sendo acusada.

— Olha o que você fez com meu vestido, sua incompetente! — Bianca pega uma das bebidas da bandeja e joga na cara da garota.

A movimentação atrai os curiosos e fofoqueiros, e o DJ para a música ao perceber o tumulto. Todos observam a garçonete tentar se limpar com as mãos tremendo.

— Desculpa — diz ela —, eu não sei o que aconteceu.

— Está querendo fingir que a culpa não foi sua? — Bianca coloca as mãos na cintura.

Pelo jeito, Alice foi a única a ver que eu fui a culpada pelo incidente, já que, de forma discreta, ela coloca um dedo na boca como um pedido para que eu fique quieta.

Seria mesmo mais fácil deixar a garçonete levar a culpa e não me indispor com Bianca.

— Não é isso — a funcionária tenta se explicar, com os olhos cheios d'água. — Eu... eu sinto muito, de verdade.

— Vou mandar descontarem do seu salário o valor desse vestido. — Bianca aponta para ela com o dedo em riste. — Ou melhor, vou fazer questão que demitam você.

Um nó começa a se apertar no meu estômago. Daqui há uns anos, poderia ser eu ali, trabalhando como garçonete de uma festa assim para ganhar uma graninha. Não sei qual seria mesmo a sua punição, mas me parte o coração saber que a moça pode ser prejudicada por causa de uma garota rica e mimada.

A culpa consome a minha mente e, por algum motivo, procuro por Nick de novo. Ele parece preocupado, tentando entender o que aconteceu.

Um filme passa em minha cabeça. Sua convicção ao dizer que a verdade é sempre o melhor caminho. A maneira que enfrentou todos na sala, sem se importar com as consequências. Seu rosto sereno e em paz ao me contar que não se arrependia de ter sido honesto.

Lembro de cada palavra dita por ele.

Não posso continuar assim.

Preciso saber se dizer a verdade é mesmo o melhor caminho.

— Não foi ela, tá bom?! — Coloco-me entre as duas. — Fui eu!

A garçonete começa a chorar atrás de mim e sai correndo enquanto Bianca me encara com a cabeça inclinada para o lado e um biquinho debochado.

— Você fez de propósito. — Ela cutuca o meu ombro com a unha de gel. — Não fez?

Ela só pode estar de brincadeira.

— Por que eu faria isso?

— Aposto que quis estragar meu vestido só porque eu estou muito mais bonita que você. — Cruza os braços. — Acha mesmo que todo mundo aqui não sabe que você morre de inveja de mim?

Os cochichos e as risadinhas ao nosso redor ecoam em minha mente, e as mesmas pessoas que sempre me admiraram, agora me julgam.

A cena lembra muito o meu pesadelo, mas, pelo menos, nenhuma grande verdade sobre mim foi revelada aqui. Como seria se soubessem a história completa?

— Admite logo, garota! — Ela empurra meu ombro mais uma vez.

Tudo à minha volta parece se mover devagar. Minha cabeça gira e as pernas ameaçam ceder.

— Eu não fiz. — O ar começa a escapar, e eu consigo ouvir cada batida descontrolada do meu coração. — Não fiz de propósito.

Cerro os punhos para disfarçar o tremor das minhas mãos.

Não! Isso não pode acontecer aqui.

Minha vista embaça e estou prestes a explodir quando sinto algo me cobrir.

Uma jaqueta *jeans*.

Nick.

Ele passa um braço pelos meus ombros e começa a me levar para longe dali, afastando todos que tentam chegar perto de mim.

— Calma — diz a uma altura que só eu sou capaz de ouvir. — Vamos para casa.

Sentindo-me segura, me apoio nele e deixo as lágrimas correrem.

Uma gratidão inexplicável cresce no meu peito.

— Obrigada — minha voz sai tão baixa que nem sei se ele me ouviu.

Capítulo 14

O INÍCIO DE UMA AMIZADE

— Por que você fez isso? — Alice grita comigo, do banco da frente.

— Agora não, Ali — repreende Nick ao me ver chorando, pelo retrovisor interno.

Ainda tento conter a crise, então abraço meu próprio corpo e me concentro na minha respiração, mas as lágrimas não param de cair.

— Eu posso dormir na casa de vocês? — pergunto quando finalmente tenho fôlego para falar. — Não quero que minha avó me veja assim.

Não consigo ver o estado do meu rosto. Imagino que seja o pior possível. A junção da bebida com a crise deve ter acabado comigo. Se eu chegar em casa desse jeito, minha avó vai fazer um milhão de perguntas, e não tenho mais energia para responder a nenhuma delas.

— Não! — Alice cruza os braços.

— Alice! — censura Nick. — Claro que pode, Melissa. Tenho certeza de que a tia não vai se importar. — Vejo o sorriso acolhedor que ele me lança pelo retrovisor.

Por incrível que pareça, Alice tem a decência de esperar até chegarmos na sua casa para estourar novamente.

— Você tá melhor, né? — Assim que confirmo, ela levanta os braços. — Então dá para você me explicar por que raios você se entregou?

Só quero me deitar e tentar dormir. Acho que até mesmo vomitar faria eu me sentir melhor. A última coisa que eu queria era ter que me justificar. Posso ter conseguido fugir da minha avó, mas, pelo visto, vou ter que enfrentar Alice.

Nick não se mete na conversa, mas também não vai para o quarto, apenas fica assistindo à cena, encostado na porta recém-fechada, com as mãos nos bolsos.

— Alice, eu só não...

— Ninguém tinha visto que foi você. Por que abriu a boca? — Ela balança as mãos em súplica. — Para piorar, ainda estragou a melhor noite da minha vida. E a troco de quê?

— Eu sei, me desculpa, mas...

— Só para sair de lá arrastada e chorando na frente de todo mundo. — Ela nem me ouve. — Parabéns, Melissa. — Alice bate palmas de maneira sarcástica. — Pa-ra-béns!

Meus olhos ardem e eu abaixo a cabeça. Minha mente está tão exausta que não consigo pensar em nada que possa ser dito para dar fim a essa discussão.

Nick se aproxima e coloca a mão no meu ombro. O toque me acalma no mesmo instante, e quando olho para ele, vejo um sorriso complacente em seu rosto.

— Sei mais do que ninguém que falar a verdade às vezes é bem doloroso, mas eu admiro muito o que você acabou de fazer.

Por incrível que pareça, apesar de estar com o corpo destruído, não me arrependo de ter assumido a culpa. Sei que fiz a coisa certa e este é o único motivo de eu ainda não ter desabado de vez.

Acredito que a minha consciência está tranquila como a de Nick deve ter ficado no dia em que falou a verdade na sala de aula. Por isso, ouvir que ele aprova o que fiz me fortalece.

Alice revira os olhos para o primo e volta sua atenção para mim.

— Você nem conhecia aquela garota. Podia ter deixado ela levar a culpa, ninguém ia saber.

— Eu ia saber, Alice! — minha voz quase falha. — *Eu* ia!

Nick cruza os braços e assente em uma concordância silenciosa. Ele me apoia, mesmo que isso signifique ter que ir contra a prima. Imagino que não seja fácil, mas ele mesmo disse que não se importa com isso, desde que esteja agindo de acordo com o que acredita. Então sei que não está do meu lado, e sim do lado da verdade.

— O quê? Agora os dois vão ficar contra mim? — Pelo jeito, o gesto não passou despercebido para ela.

— Ali... — Ele também parece cansado. — Não tem ninguém aqui contra você.

Alice coloca as mãos na cintura.

— O que você falou para ela, hein? — pergunta ao primo e se vira para mim. — Ele veio com o papo de crente dele para cima de você, né?

— Alice, por favor — massageio a minha testa.

— Está querendo fazer nela a mesma lavagem cerebral que fizeram em você? — ela estreita os olhos.

— Alice, já chega. — Nick está começando a perder a paciência. — Eu realmente conversei com a Melissa e sei que o que falei pode ter feito ela refletir sobre algumas coisas, mas não tenho o poder de decidir por ela. Ela fez isso porque...

— Porque eu quis, Alice! — completo a frase. — Fiz isso porque quis e achei que era o certo a se fazer. Eu não ia conseguir ficar em paz sabendo que deixei aquela garota levar a culpa por mim. Só queria lembrar qual era a sensação de dormir com a consciência limpa.

A risada cínica dela ecoou pela sala.

— Ah, para com isso, Melissa. Você é a maior mentirosa que eu já conheci e agora quer vir para cima de mim com essa de consciência pesada?

— Meninos? — Nos assustamos ao ouvir a voz da tia Fernanda. — O que tá acontecendo aqui? — Ela aperta os olhos por causa da luz e do sono.

— Nada, mãe — responde Alice. — Pode voltar a dormir.

— A festa foi boa? — indaga, ainda muito grogue para conseguir perceber o clima caótico.

— Tudo sob controle, tia. — Nick intervém. — Pode deixar que eu fecho tudo aqui, pode voltar pra cama.

Tia Fernanda se despede com um boa-noite e volta para o quarto.

— Eu não vou falar mais nada, pra minha mãe não acabar voltando aqui, mas acho bom você pensar em um jeito de consertar as coisas e não colocar tudo a perder — ameaça antes de ir para o seu quarto.

Eu entrelaço os dedos no meu cabelo e solto o ar num suspiro, parte aliviado e parte exausto.

— Não liga para ela, não — Nick dá uns tapinhas na minha cabeça. — Você fez a coisa certa. Pode até não parecer, por causa das consequências, mas, como eu te disse naquele dia, uma consciência tranquila vale muito mais que a aprovação dos outros.

— Obrigada. — Tento sorrir. — Por tudo.

Ele também sorri e o assisto caminhar corredor adentro até entrar em seu quarto.

Confesso que foi difícil enfrentar a fúria de Alice e a humilhação na festa, mas acho que me sentiria muito pior se tivesse ficado quieta. Alguns dias atrás, eu teria calado minha boca e deixado aquela garçonete levar a culpa.

É mais fácil assim, eu pensaria.

Como será que eu estaria agora se não tivesse conhecido o Nick e escolhesse agir do modo de sempre?

Eu não sei. E, para ser sincera, não quero pensar muito nisso agora.

Vou apenas me agarrar à convicção de que tomei a decisão certa e à gratidão que tenho por tudo que o Nick tem feito por mim.

Não sei há quanto tempo tento dormir.

Meu corpo inteiro dói por causa de tudo o que aconteceu, e o chão não ajuda.

Quando entrei no quarto mais cedo, Alice me jogou um edredom e uma almofada antes de ir para a sua confortável cama *queen*.

E foi assim que acabei aqui.

Olho o relógio. Já são 3h15 da manhã.

Não vai adiantar nada rolar no chão à espera do sono, então me levanto para pegar um copo de água na cozinha ou talvez até preparar um chá, sem fazer muito barulho.

Para a minha surpresa, a luz da sala está acesa, e Nick está sentado na mesa de jantar com a mesma Bíblia que estava lendo no primeiro dia de aula aberta à sua frente. Com os olhos fechados, ele sibila alguma coisa que não consigo compreender.

Admiro seu semblante concentrado por um tempo antes de me dar conta do quão estranho seria se ele abrisse os olhos agora e me flagrasse bisbilhotando. Já basta todas as minhas esquisitices, não quero acrescentar mais uma à lista.

Sem perdê-lo de vista, vigiando se seus olhos continuam fechados, viro-me lentamente para voltar ao quarto sem fazer nenhum barulho.

PLAFT!

Prendo o ar, em busca da causa do barulho.

No chão, um porta-retrato da Alice está com o vidro espatifado em vários pedaços.

— Que susto, Melissa. — Ele solta um "grito sussurrado", com os olhos esbugalhados e a mão no peito.

Só queria virar um avestruz para poder abrir um buraco no chão e enterrar minha cabeça lá dentro.

— Desculpa. Só vim beber água, daí te vi, mas não quis atrapalhar. — Minhas bochechas queimam. — Tentei voltar para o quarto em silêncio, mas, como você pode ver, não deu muito certo. — Forço uma risada, mas o barulho sai parecido com o de um condor.

— Tudo bem. — Nick aperta os lábios na clara tentativa de segurar o riso. — Fica tranquila. Sempre venho orar aqui de madrugada, você só me pegou desprevenido.

Sorrio de volta antes de me abaixar para catar a bagunça que fiz.

— Deixa aí, você vai se cortar. — Enquanto ele fala, já começo a pegar alguns cacos do chão. — Vou buscar uma vassoura.

Não quero dar mais trabalho, e os pedaços de vidro não estão tão pequenos, de forma que é totalmente possível pegá-los com a mão sem me...

— Ai! — resmungo de dor depois de cortar o dedo em um dos cacos.

— O que foi? — Nick corre até mim na velocidade da luz e se agacha na minha frente.

Ele pega a minha mão e a vira para todos os lados, a procura do ferimento.

— Você se cortou? — Estala a língua. — Eu falei para não mexer aí. — A testa está enrugada, como naquele dia na biblioteca.

Fofo.

Nota mental: lembrar da última nota mental!

— Não foi nada demais. —Mostro o pequeno corte no dedo. — Foi só um cortezinho de nada, olha.

— Senta ali que eu vou buscar um curativo.

Pelo pouco que conheço dele, acho que não vou conseguir convencê-lo a deixar para lá e voltar ao que estava fazendo como se nada tivesse acontecido, então obedeço e me sento à mesa de jantar.

Segundos depois, Nick volta com uma caixinha de primeiros socorros e se senta na cadeira ao meu lado. De dentro da caixa, tira um spray antisséptico e espirra no machucado.

— Ai! — Sacudo a mão no ar.

— Não era só um cortezinho de nada? — ele estreita os olhos, rindo de mim.

— Haha — rio, sarcástica. — Engraçadinho.

Ele pega um *band-aid* na caixinha e segura minha mão com gentileza. Apesar de extremamente sério, Nick consegue ser muito carinhoso. Sorrio feito boba das caretas de concentração dele enquanto coloca o curativo. Distraída, não percebo quando ele termina e olha para mim. Fico sem graça ao ser pega no flagra e tento disfarçar analisando o resultado.

— Olha só. — Finjo uma admiração exagerada. — Já pensou em ser enfermeiro? Acho que você tem futuro.

Nick solta uma risada sincera e relaxa os ombros, como se conversasse com uma velha amiga.

— Quem sabe não é mesmo a minha vocação? — E dá de ombros, ainda sorrindo.

Continuamos a conversar sobre estarmos no último ano do Ensino Médio e sobre a pressão de termos que decidir, tão novos, o que vamos fazer para o resto das nossas vidas. Então ele fica curioso sobre o que eu pretendo fazer após a formatura.

— Eu queria muito fazer uma boa faculdade, mas ainda não sei bem o curso, então estudo para estar preparada para qualquer coisa.

— Eu ouvi mesmo que você tem umas notas bem altas. — Acho que ele presta atenção nas fofocas sobre mim. — Agora as garotas populares podem ser *nerds* também? — brinca.

— Pelo jeito, sim. — Levanto os ombros, rindo. — Mas e você? Vai ser militar como seu pai?

Nick faz uma careta engraçada que beira a repulsa.

— Não. Deus me livre. Não quero viver indo para lá e para cá, sem poder escolher onde morar. Pretendo ter uma família um dia e quero poder viver sossegado com minha mulher e meus filhos, num lugar só.

— Acho que é melhor mesmo. — Minhas bochechas esquentam.

Nunca ouvi nenhum garoto da escola, ou melhor, nenhum garoto da minha idade pensar no futuro desse jeito, a ponto de sonhar com uma família e planejar sua vida de acordo com esse desejo. Normalmente, os meninos do Ensino Médio só pensam em se divertir sem pensar no amanhã; filhos, casamento e carreira são assuntos que seus cérebros jamais processariam, se é que eles têm um.

— Mas não vou mentir, ser filho de militar me rendeu alguns momentos bem divertidos — diz com um sorriso nostálgico.

— Tipo o quê? — Fico curiosa.

— Um dia, participei de um evento de condecoração lotado, e meu pai estava lá no palco para receber a medalha "Soldado do Silêncio", que é dada aos militares que prestaram bons serviços na parte de inteligência do Exército Brasileiro. — Solta uma lufada de ar pelo nariz, antevendo a graça. — Aí eu virei pra minha mãe e falei superalto: "Por que o papai ganhou essa medalha se ele fala pra caramba?"

— Você não fez isso! — Arregalo os olhos e caio na risada.

— Dá um desconto. — Levanta uma mão. — Eu só tinha seis anos.

— Eu pagaria para ver essa cena.

Nick também me confidencia que queria ter tido um irmão, mas os pais acharam melhor não, porque a carreira no Exército já era difícil para famílias com um filho, imagina com dois. Sem dar muitos detalhes, explico que moro com a minha avó e conto alguns dos momentos rabugentos dela.

Ele não me pergunta o motivo de eu ter sido criada por ela. Fico aliviada por não ter que mentir.

Nick já deve ter ouvido na escola que sou filha de diplomatas, então faz total sentido que não viva com meus pais.

— E o que você gosta de fazer nas horas vagas? — Continuo a minha investigação.

— Eu curto desenhar. — Surpreendo-me com a informação.

— Que legal. Acho incrível quem sabe desenhar, mas eu sou tão péssima que até o meu boneco de palito sai feio.

— Não pode ser assim tão ruim. — Ele aperta os olhos e franze o cenho.

Pego a caneta e um pedaço de papel que já estavam na mesa e faço um bonequinho muito esquisito.

— É — Nick prende o riso. — Não tem como te defender.

Ele pega um caderno que estava escondido sob a Bíblia e me mostra uma série de desenhos que fez. As páginas estão repletas de animais, pessoas, histórias em quadrinhos e até construções muito bem estruturadas.

— Meu Deus, Nick. — Pego o caderno da sua mão e o folheio inteiro, estarrecida. — Eles são incríveis!

— Obrigado — ele agradece, com as bochechas vermelhas, e pega de volta os esboços da minha mão. — E você, curte o quê?

— Eu não tenho nenhum talento oculto como você, mas costumo ver muitos filmes e leio bastante no meu tempo livre. — As últimas palavras saem meio falhadas.

Saí da minha "cama confortável" para beber água, mas até agora não fiz isso. Fora que, estamos conversando há tempo suficiente para a minha garganta secar e implorar por hidratação.

Nick deve ter percebido, pois pede licença e vai até a cozinha. Ele volta com dois copos de água e um pacote de salgadinho de queijo.

Quase dou um abraço nele.

— Obrigada — agradeço depois de beber o copo inteiro de uma vez.

— Por falar em filmes, quando eu era menor, meu pai me fez assistir *Space Jam* e eu curti tanto que já perdi as contas de quantas vezes vi. Com certeza tá no meu top 1.

— É sério isso? — Torço o nariz. Não pode ser verdade.

— Esse filme é uma obra-prima — argumenta diante da minha incredulidade. — Só é incompreendido.

— Obra-prima? — Não seguro a risada. — Fala sério, Nick! Esse filme é péssimo.

— Vai dizer que você é superculta e só assiste filmes austríacos premiados? — Faz um floreio com a mão.

— Não é para tanto, né? — Reviro os olhos, mas não consigo não rir. — Para mim, não tem nada melhor do que uma comédia romântica. Principalmente as antigas, dos anos 90 e 2000.

— Quer dizer que você gosta dessa baboseira de o cara babaca deixar de ser babaca porque se apaixonou perdidamente pela mocinha? — questiona com uma voz esquisita.

— Ei, não é baboseira. — Levanto as sobrancelhas, fingindo ficar ofendida (mas quase fico mesmo).

— Então os filmes te iludiram direitinho — diz, com um tom de superioridade.

— Como assim?

— Caras babacas podem até mudar, Melissa, mas com certeza não mudam só por terem se apaixonado por alguém.

— Ah, é? Nesse caso, meu caro senhor especialista em relacionamentos — cruzo os braços desafiadoramente —, por qual outro motivo eles mudariam então?

Nick inclina a cabeça um pouco para o lado e me analisa. Ele parece ponderar se vai ou não falar o que está pensando.

— Sabe... vou te contar uma coisa sobre mim. — Ele também cruza os braços. — Eu era um cara babaca.

Capítulo 15

REVELANDO O PASSADO

Tento me lembrar se já vi qualquer traço de personalidade duvidosa em Nick. Mesmo ele sendo um tanto indiferente (e até soar um pouco grosseiro às vezes), também é responsável, cuidadoso e solícito. Esse com certeza não é o perfil de um babaca.

— Impossível — digo com uma risada cética. — Você é o cara mais certinho que eu já conheci.

Nick ri soltando o ar pelo nariz.

— Estou longe disso, mas agora eu tento. — Ele se ajeita na cadeira, como quem se prepara para contar uma longa história. — Lembra que eu te disse que mudei muito de cidade por causa do trabalho do meu pai? — Assinto com a cabeça. — Então, acontece que, por causa disso, era superdifícil fazer qualquer amizade mais duradoura.

— Imagino.

— Sempre que eu começava a me apegar a alguém, já era hora de ir embora, e eu não consegui ficar próximo de ninguém o suficiente para continuar mantendo contato. Então comecei a me sentir muito sozinho, e essa solidão me fez querer criar algum tipo de conexão e chamar a atenção das pessoas, sabe?

Ele não parece falar de si mesmo. Nick vive sozinho pelos corredores da escola. É educado com todo mundo, só que não é próximo de ninguém. Como é possível que ele seja assim agora, mas um dia já ter sofrido por se sentir solitário?

— Mas você já cansou de falar para mim que não se importa com isso — verbalizo meus pensamentos.

— Não me importo hoje, mas, uns anos atrás, isso era muito pesado para mim. Quando eu tinha quinze anos, meu pai machucou o joelho em um treinamento e precisou fazer um longo tratamento. Foi aí que eu tive a oportunidade de passar mais tempo em uma cidade. — Seu semblante entristece. — Só que também foi nessa época que tudo desmoronou para mim.

— O que houve? — Me inclino um pouco pra frente, com a curiosidade me matando.

— Eu conheci uns caras e eles não tinham uma boa reputação, mas eu não achava que fosse algo absurdo, sabe? Além do mais, foram os primeiros a me dar atenção na escola. — Ele me lança um sorriso pesaroso. — Pensei que finalmente tinha amigos e fazia parte de algo. Daí eu coloquei na minha cabeça que faria o que fosse preciso para não ficar sozinho de novo.

Sei muito bem como é tomar essa decisão. Foi ela que me fez ser quem sou hoje, ou melhor, ser quem eu finjo ser.

Quando Nick me olha com reprovação na escola, sempre justifico mentalmente minhas ações, dizendo a mim mesma que ele jamais me entenderia, porque nunca se sentiu como eu.

Só que eu não poderia estar mais enganada.

Pelo que me contou até agora, ele já esteve no meu lugar e sabe como é a sensação. Se eu cheguei ao ponto de mentir para todos, então talvez ele tenha feito algo parecido.

— O quão longe você foi?

— Muito longe.

Nick encara as próprias mãos, mas na verdade seu olhar parece meio perdido, como se não estivesse mais aqui. Deve ser difícil e até vergonhoso para ele falar sobre isso.

— Tudo bem se não quiser entrar em mais detalhes — tranquilizo-o, apesar da minha curiosidade.

Ele desvia o olhar das mãos e volta a prestar atenção em mim. Parece que retornou de uma viagem no tempo, lembrando-se de que estou aqui e de onde ele mesmo está.

— Não, não. Tudo bem, não me importo de contar. É só que eu não me orgulho do que fiz, então é um pouco difícil de reviver essas memórias.

Fito sua mão sobre a mesa e acredito que agora temos intimidade suficiente para que eu coloque a minha mão sobre a dele. Não faço movimento algum, apenas a deixo ali, nume tentativa de consolo. Nick não rejeita o gesto, mas também não retribui.

— Meus amigos começaram a ir numas festas bem pesadas. — Ele volta a falar e eu recolho a minha mão, ciente de que deixá-la nessa posição por mais tempo seria estranho. — Eles bebiam muito, usavam drogas e outras coisas. — diz com desgosto.

— E você ia com eles?

— Como disse, eu estava implorando por pertencer a algum lugar. Qualquer lugar. — Ele olha dentro dos meus olhos, completamente desolado. — Eu não suportava aqueles ambientes e nada daquilo, mas tinha certeza que ficar sozinho era pior, então fazia de tudo com eles, só para não me excluírem do grupo. Até que... — hesita.

Respeito o seu tempo, temendo o que está por vir.

— Até que um dia a gente estava bebendo no meio-fio, perto de uma loja de conveniência, e, quando a cerveja acabou, ninguém tinha dinheiro para comprar mais.

Não pode ser o que estou pensando.

— Aí, uma coisa levou a outra, e eles me convenceram a assaltar a loja — revela, com a voz um pouco embargada.

— Meu Deus, Nick. — Preciso tapar minha boca.

— Fui contra, a princípio, mas um deles começou a me ameaçar, dizendo que eu ia voltar a ser um ninguém e até que tornaria a minha vida um inferno se eu não entrasse na onda. — Nick não controla as lágrimas, e eu contenho a vontade de secá-las. — Naquele momento, achei de verdade que não tinha outra escolha.

— Eu entendo. Acho que, no seu lugar, teria feito a mesma coisa — conforto-o, porém logo penso em algo que me deixa preocupada. — Mas tinha alguém na loja? Alguém se machucou?

— Não. Graças a Deus, não. — Ele respira fundo e seca o rosto. — Eu prefiro nem pensar no que teria acontecido se tivesse alguém lá. Eles até acharam que a atendente estava trabalhando na hora, mas graças a Deus o lugar já tinha fechado.

— E vocês foram pegos?

— Sim — responde com pesar. — Quando vimos que não tinha ninguém, um deles quebrou o vidro da frente e pulou para dentro. Ele forçou a porta pra gente entrar também e aí o alarme disparou. Tentei fazer ele sair de lá o mais rápido possível, mas ele insistiu que ainda queria pegar o dinheiro. Só que a polícia acabou pegando a gente no flagra e levou todo mundo pra delegacia.

— Você foi preso? — Arregalo os olhos diante dessa possibilidade.

— Não fui preso, *preso*, porque ainda era menor de idade, mas fiquei internado num centro para menores infratores como medida socioeducativa.

Não consigo conceber a imagem de Nick envolvido em algo assim. Tudo bem que não foi ideia sua, mas ele participou e terá para sempre essa "mancha" no seu passado. Pessoas que já cometeram crimes são assustadoras, e não empáticas e responsáveis como o Nick. Ele não se parece em nada com um delinquente.

— Eu realmente não consigo imaginar logo você fazendo tudo isso.

Nick me lança um sorriso meio de lado, um pouco sem graça. Fico feliz por ele estar mais calmo e já ter voltado ao estado relaxado de sempre.

— Isso é porque você me conheceu depois que eu mudei.

— E o que te fez mudar tanto? Você disse que caras babacas não mudam por se apaixonarem, então imagino que não tenha sido por causa de uma garota — arrisco uma brincadeira e ele solta uma risada sincera.

— Pensando bem, até que foi, mas não nesse sentido.

Devo ter feito uma careta muito confusa, pois ele ri mais um pouco antes de continuar.

— Acontece que meus pais sempre foram cristãos, e eu fiquei morrendo de vergonha deles quando fui preso. Não aceitei que me visitassem no centro — ele conta, e eu tenho a impressão de que suas lágrimas ameaçam cair outra vez. — E, depois de sair, fiquei com muito medo de como seria. Achava que, como cristãos, eles não iam admitir ter um filho criminoso, principalmente meu pai, que, além de cristão, é militar.

— E como reagiram?

— Eles foram me buscar juntos. Meu pai não disse muito, mas me deu o abraço mais reconfortante que já recebi na vida. Depois, minha mãe me encheu de beijos e me deu uma caixa cheia de chocolates, acredita? —

A tristeza no olhar dá lugar à gratidão e a um sorriso bobo. — Quando cheguei em casa, ela tinha preparado um baita almoço para me esperar, com todas as minhas comidas preferidas. Meu quarto também estava todo arrumado, cheio das besteiras que eu não pude comer enquanto estava internado.

— Mentira? Assim, de boa?

Que reação inusitada. Qualquer mãe daria, no mínimo, um sermão de horas ou dias no filho. Não que eu tenha muita experiência nessa área, mas sei que pelo menos a minha avó não deixaria passar assim tão fácil.

— Sim, nunca vou esquecer a compaixão que ela teve por mim e pela minha alma. — Vejo uma lágrima correr em seu rosto. — Mas hoje entendo que ela agiu como Jesus agiria e não virou as costas para mim no momento em que eu mais precisava, apenas me acolheu.

— Que fofa. — Lembro-me do que ele disse antes. — Então a garota foi sua mãe?

— Sim. — E o sorrisinho de lado aparece. — Daquele dia em diante, ficamos mais próximos, e ela começou a falar mais de Jesus para mim. Era engraçado, porque mesmo tendo crescido em um lar cristão, eu nunca tinha dado muita importância para isso, sabe? Sempre que eu ia à igreja, ficava viajando, só ia mesmo para agradar os meus pais.

— E o que mudou?

— Depois de tudo que me aconteceu, percebi que não dava para continuar daquele jeito. Daí eu comecei a me envolver mais com tudo e acabei conhecendo a Deus de verdade. Foi Nele que encontrei meu lugar e aquela sensação de pertencimento que tanto procurava. — O rosto de Nick está iluminado, irradiando paz e felicidade.

Mesmo sem nunca ter pensado sobre isso dessa forma, a sensação de pertencimento é exatamente o que eu sempre quis e busquei.

— Passei a vida querendo fazer amigos — acrescenta ele —, mas descobri que Jesus é o melhor amigo que podemos ter. Amigos humanos, por mais confiáveis que sejam, podem errar e nos decepcionar. Mas Ele é um amigo em quem podemos confiar a todo momento, um que nunca vai nos deixar.

— Foi por isso que você disse que nunca está sozinho? — finalmente compreendo o que ele me disse na biblioteca.

— Exato — confirma, com um sorriso orgulhoso. — E, depois de muito tempo, percebi que não tem sentido querer ser aceito tentando agradar todo mundo, ainda mais se tiver que fazer algo errado no processo. Tanto é que, no dia em que fui preso, o meu suposto amigo — ele faz aspas com os dedos ao dizer a última palavra —, o que sugeriu o assalto, ainda tentou colocar a culpa em mim quando a polícia chegou.

— Que imbecil. — Minha cara indignada arranca uma risada dele.

— Às vezes, quem mais nos decepciona é aquela pessoa que nunca imaginaríamos.

Nick já me olhou tantas vezes com decepção, sem nem saber todas as mentiras que eu conto, que não consigo deixar de imaginar como ele me trataria se descobrisse quem eu sou de verdade e tudo o que já fiz. Será que ia me desprezar, ou teria a mesma compaixão que sua mãe?

A possibilidade de ser desprezada por Nick me deixa aflita. Mesmo que eu ainda não possa considerá-lo um amigo, a ideia de não o ter por perto me angustia.

— Mas eu não me importo com isso também. — Nick continua e me tira dos meus pensamentos. — Quando conheci a Deus, vi que Ele é o único a quem preciso agradar.

— Certo. Só que ainda não entendi uma coisa. — Escolho minhas palavras. — Se você precisa sempre fazer o que Ele quer e acha melhor, então qual a diferença entre isso e fazer de tudo para agradar os outros?

— Porque os outros não permanecem nos momentos ruins. Eles te forçam a fazer coisas contra a sua vontade apenas para benefício próprio, mesmo que te prejudique. E ainda te abandonam quando tudo dá errado. — O fato é como um tapa na minha cara. — Mas Deus é o único que nunca te abandona, não importa o quão ruim seja a sua situação. E tem mais: tudo o que Ele quer para você é sempre pro seu próprio bem, para que você viva em plenitude. Com Ele, a solidão vai embora e aquele vazio no peito é finalmente preenchido.

Só consigo pensar em como somos mais parecidos do que eu imaginava. Os sentimentos que tivemos e a forma como reagimos a eles; o fato de termos feito o que foi preciso para que gostassem de nós; o esforço extremo para não sermos excluídos. Já fingimos tanto, nos submetendo à vontade dos outros. E a troco de quê?

No caso dele, de ser preso. No meu, de destruir minha saúde mental.

— Desculpa. Falei demais, né? E ainda sobre umas coisas bem pesadas. — Nick me estuda, com as sobrancelhas franzidas. — Você tá bem?

— Não. Quer dizer, sim. — Minha oratória foi paro o espaço. — Foi bom ouvir sua história. Obrigada por compartilhar comigo. — Minha voz me sabota e falha um pouco.

— Isso não foi muito convincente. — Ele aperta os olhos.

— É que... — decido ser sincera. — eu me identifiquei muito com o seu eu do passado, sabe? Com as coisas que você sentia e tudo mais. Foi um pouco chocante saber que você já foi como eu.

— A gente não tem ideia do que se passa na cabeça dos outros. — Por alguns segundos, ele parece me analisar, pensando um pouco antes de continuar a falar. — Eu imagino que as mentiras que Alice falou têm um pouco a ver com esses sentimentos, certo?

Sei que essa noite nos aproximou, só que, mesmo querendo muito, ainda não estou preparada para falar sobre minha história tão abertamente. Sinto-me mal por isso, já que ele acabou de se abrir por completo para mim e me contou todo o seu passado doloroso.

— Tudo bem, não precisa me contar se não estiver pronta. — Será que ele leu a minha mente? — Mas saiba que eu nunca te julgaria, caso um dia queira desabafar. Posso não concordar com as suas mentiras, e com certeza não passaria pano para ela, mas quem sou eu para julgar seus motivos? — Ele dá de ombros.

Meu coração se aquece diante da perspectiva de ter com quem contar, alguém que me entende mais do que eu imaginava e que, apesar de não concordar com minhas ações, não vai me jogar pedras.

— Obrigada.

Nick dá seu típico sorrisinho torto antes de começar a juntar suas coisas, que ainda estão em cima da mesa. Observo-o por um tempo e sinto uma inquietação crescer dentro de mim.

Ele já foi como eu, mas não é mais. Conseguiu superar seus medos e encontrou o seu lugar. Sei o motivo de Nick ter buscado um rumo diferente para sua vida, visto que, assim como eu, não aguentava mais viver desse jeito.

Será que...

— Nick?

— Oi? — Ele para o que está fazendo e volta a prestar atenção em mim.

— Você acha que eu conseguiria mudar como você? — pergunto de uma vez, antes de perder a coragem. — Acha que eu conseguiria viver de uma forma diferente?

— Claro que sim. — O sorriso dele quase me abraça de tão acolhedor. — Basta você querer, Melissa.

— Querer eu quero, mas não faço ideia de como fazer isso — admito, desanimada.

— Olha, eu acho que posso te ajudar. — Ele me analisa enquanto fala. — Depois de amanhã, eu vou a um culto na minha igreja. Se você quiser, te busco na sua casa e você vai comigo. Topa?

O convite é tão inesperado que nem consigo disfarçar a surpresa.

Lembro de ele ter dito que sua mudança teve início quando a mãe começou a falar de Jesus e ele passou a dar mais importância aos cultos.

Sem pensar muito, dou de ombros diante da expectativa no olhar de Nick e respondo:

— Por que não?

Capítulo 16

SUFOCADA

Já é domingo, e estou eu me arrumando para ir ao culto com Nick. Acordei mais cedo do que precisava só para não correr o risco de me atrasar. Admito que estou bem ansiosa, não sei bem o que esperar. Nunca fui a uma igreja, nem no Natal, nem na Páscoa, então não faço ideia de como as coisas funcionam por lá.

Depois que aceitei o convite do Nick na sexta, voltei pro quarto e consegui dormir. Tia Fernanda me convidou para almoçar lá, mas não tive coragem de ficar, principalmente por causa do olhar fulminante de Alice.

Por sorte, ao me ver chegar em casa ontem, a vovó não estranhou minha aparência, já que, por incrível que pareça, tive uma ótima noite de sono, apesar de ter ficado acordada a madrugada inteira conversando com Nick. Pelo menos, dormi bastante depois de voltar pra cama. Um pouco mais tarde, quando terminei a arrumação da casa com minha avó, Nick me mandou uma mensagem com o horário que passaria para me buscar no dia seguinte.

Tomada por expectativa, passei o restante do sábado pesquisando como as pessoas se vestem em igrejas. Quero que minhas roupas não chamem muita atenção para que eu não fique totalmente deslocada. Não que eu não vá ficar, mas, com as roupas certas, posso pelo menos tentar disfarçar.

Então, antes de dormir, separei uma calça *jeans* e uma blusa que, não sei por que, nunca usei. Ela é linda e eu amo o contraste do amarelo-bebê com a estampa de margarida. Para os pés, é claro que não tinha outra opção a não ser meus tênis brancos.

Agora que estou pronta, analiso meu reflexo no espelho e tenho certeza de que foi uma ótima escolha. Quanto mais eu olho, mais eu gosto.

Tomo café da manhã com a vovó e engasgo com o último pedaço de bolo quando ouço uma leve buzina do lado de fora.

— Mastiga direito, garota. — Ela me entrega um copo de água.

Uma notificação chega no meu celular. Já sei do que se trata, ainda assim respondo a mensagem de Nick e aviso que já vou.

— Até mais tarde, vó. — Mando um beijo para ela e corro até a porta.

— Juízo! — Ainda consegui ouvir antes de fechar a porta.

Na frente de casa, eu me deparo com Nick de braços cruzados, encostado na porta do carona de seu carro estacionado. Meu coração acelera um pouco e tento forçá-lo a se acalmar.

Fico aliviada ao ver que ele usa um *look* parecido com o meu, mas é impressionante como ele ainda fica muito lindo, mesmo bem casual e confortável, de calça *jeans*, blusa preta básica e tênis também preto.

Quando me vê, deseja um bom dia com um sorriso no rosto e se afasta do carro para abrir a porta para mim. Assim que entramos, minha ansiedade aumenta tanto que sou obrigada a secar as mãos levemente suadas na calça.

— Você não tem ideia do quanto estou feliz por ter aceitado meu convite — comenta ele com um sorriso de orelha a orelha. Seu semblante está ainda mais iluminado do que o normal.

Ele parece realmente muito feliz por eu estar aqui.

— Confesso que eu tô bem nervosa e não sei o que esperar.

— Fica tranquila, tenho certeza de que você vai gostar — assegura, tirando os olhos da pista só para me lançar um sorriso confortador.

No caminho, Nick me explica que o culto é dirigido por um pastor, o qual compartilha uma mensagem sobre a Bíblia, fazendo uma espécie de estudo. Além disso, todos oram e cantam como forma de adoração a Deus.

Hoje, como me trouxe, Nick também vai me levar para casa depois do culto, mas, geralmente, ele fica na igreja até mais tarde e participa de atividades em grupo e até de ações sociais.

Não tenho muito mais tempo para extrair informações, pois logo chegamos.

A fachada da igreja é bem bonita e pouco ornamentada. Os tons claros dão a sensação de um lugar sereno. Na porta, pessoas recebem os visitantes com sorrisos aconchegantes. Lá dentro, crianças engomadinhas correm umas atrás das outras, famílias reunidas conversam e alguns se ajoelham para orar.

É tudo tão acolhedor que me pego sorrindo.

Nick acena para algumas pessoas que o cumprimentam. Todos parecem ser velhos amigos. Um casal de mãos dadas, mais ou menos da nossa idade, nos vê e começa a se aproximar de nós.

— Nick! — chama a garota, superanimada.

Ela é linda demais. A pele negra quase brilha e o cabelo é tão volumoso que me dá até uma pontinha de inveja. Seu vestido amarelo é uma graça, todo florido e soltinho. Além disso, a menina parece simpática. Acho que seria amiga dela fácil.

— E aí, cara? — O garoto estende a mão para Nick, que a segura, e os dois batem os ombros amigavelmente.

Nick é um pouco mais baixo que ele, mas, no geral, os dois são bem parecidos. Ambos têm cabelo preto, pele clara e uma tranquilidade no olhar.

— Oi, pessoal — Nick devolve os cumprimentos.

Fico meio deslocada por ser a única que não conhece ninguém. A sensação não melhora quando os dois me olham um pouco confusos, passando o olhar de mim para Nick, como se perguntassem silenciosamente: "Quem é essa?"

— Essa é a Melissa — ele compreende e responde antes de a pergunta precisar ser verbalizada. — Ela é minha amiga do colégio e aceitou meu convite para vir conhecer a igreja.

Ele me apresentou como amiga?

Nem tenho tempo para processar isso direito, porque a garota fica empolgada e me abraça. Meus ombros se encolhem um pouco, por não estar acostumada com esse tipo de demonstração de afeto, ainda mais vindo de uma desconhecida, mas o abraço é tão caloroso que no fim eu me rendo.

— Oi, Melissa. Eu sou a Júlia e esse é meu namorado, Marcos. — Aponta pro rapaz que chegou com ela. — Seja muito bem-vinda. Que bom que você veio, espero que volte outras vezes.

— Prazer. — Marcos estende a mão e eu a aperto. — Conta com a gente pro que precisar, viu? Todo mundo aqui é família.

Apesar das reações inesperadas de boas-vindas, consigo relaxar e me sentir acolhida. Talvez minha presença seja mesmo importante para eles, de algum modo.

Será que esse é um pequeno gostinho da sensação de pertencimento de que Nick falou?

Ele me conduz, seguindo os amigos até uma fileira de cadeiras. Não demora para que o culto comece. Depois de dizer algumas palavras e dar as boas-vindas, um pequeno grupo começa a tocar e a cantar umas canções que todos parecem saber de cor. Algumas pessoas batem palmas, outras levantam as mãos enquanto cantam. Eu apenas observo, gostando muito do efeito que aquela junção de vozes causa no meu peito.

Em seguida, os músicos dão lugar a um senhor que parece ter uns cinquenta anos. Ele começa a fazer uma oração. Todos ficam de pé e fecham os olhos para acompanhá-lo. Um pouco perdida, tento imitá-los e só concordo com as coisas que o moço diz. Imagino que ele seja o tal pastor que o Nick falou mais cedo.

— Abram suas Bíblias em Salmos 27, por favor — o pastor pede e espera até que todos achem o texto na Bíblia antes de continuar a falar. — Deixa eu falar uma coisa importante para vocês. Nós, humanos, somos seres dependentes uns dos outros. Dependemos da ajuda, do afeto, da aceitação e da afirmação das pessoas, principalmente daquelas que mais gostamos ou admiramos. Só que, ao mesmo tempo, somos falhos e egoístas. Tendemos a julgar os outros, até mais do que deveríamos. — Ele estreita os olhos, fazendo alguns rirem. — Então só podemos depender Daquele que é perfeito e não é falho como nós, Daquele que não se importa com o seu passado, por mais vergonhoso que você ache que ele seja.

Espera aí. Isso está parecido demais com o que o Nick estava me dizendo na sexta-feira. Será que os dois conversaram?

— Deus está de braços abertos para te receber — diz ele —, mesmo que você tenha sido traído, rejeitado ou abandonado por quem mais confiava. Porque, como está escrito no salmo 27, versículo 10: "Ainda que me abandonem pai e mãe, o Senhor me acolherá."

Minha cabeça começa a girar e minha garganta se aperta.

Isso tudo é para mim?

Quero acreditar que isso é mera coincidência e me sentir confortada por essas palavras, mas uma pequena pontada de desconfiança teima em querer assumir o controle dentro de mim.

A mensagem mexe tanto comigo que não consigo controlar as lágrimas. Ao meu lado, Nick percebe que estou chorando, mas, mesmo com a expressão preocupada, não diz nada. Viro o rosto, porque não quero que ele me veja assim e morro de vergonha ao cruzar o olhar com o de Júlia. Ela pega minha mão e pergunta em um sussurro se está tudo bem. Só consigo assentir.

Não sou capaz de prestar atenção em mais nada depois disso e passo o restante do culto em modo automático.

No caminho para casa, permaneço em silêncio, deixando uma lágrima ou outra cair. Nick respeita o meu momento e não diz nada até estacionar na minha porta.

— Tá tudo bem? — Seu rosto está contorcido de preocupação. — Você veio o caminho todo quieta.

— A Alice te contou tudo, né? — acuso-o, com a visão embaçada. — E você falou de mim lá na sua igreja, não foi?

— O quê? — Nick arregala os olhos e parece um pouco ofendido. — Claro que não, Melissa. E mesmo que ela tivesse me contado uma coisa só que fosse, eu *nunca* falaria da sua intimidade para ninguém.

— Você jura? — Preciso ter certeza.

— Melissa! — Dá para ver que ele fica chateado com a minha acusação. — Você, mais do que ninguém, sabe que eu não minto.

Uma pontada de culpa me invade. Como pude pensar que ele faria isso? Nick é a pessoa mais empática e honesta que eu já conheci. Como pude duvidar logo dele?

— Me desculpa! — Não consigo mais conter as lágrimas que eu tentei segurar. — Eu sei que você não faria isso. É só que — Engasgo-me com os soluços.

— Calma. Tá tudo bem — diz ele, compassivo. — Respira fundo.

Tento controlar minha respiração, mas não aguento mais guardar tudo isso.

Estou sufocada com as minhas mentiras e meu medo. Eu preciso de alívio. Quero colocar tudo para fora, mesmo que seja só aqui.

Mesmo que seja só pro Nick.

— Posso te contar a verdade?

— Claro que pode. — Ele me olha com expectativa, aguardando o momento em que estarei pronta para começar.

— A verdade é que toda a minha vida é uma mentira — externo o que estava guardado no fundo do meu coração. — Nunca viajei para lugar nenhum. Odeio as festas e tudo mais. Odeio minhas roupas. Odeio ter que me maquiar igual uma palhaça todos os dias. Odeio tudo naquela Melissa.

Nick assiste meu desabafo e não parece muito surpreso com as revelações, mas também não diz nada.

— Sabe o que seria um dia perfeito para mim? — Ele meneia a cabeça em negativa. — Ficar o dia todo de pijama debaixo das cobertas, sem nem pentear o cabelo. E assistir a um filme atrás do outro ou ler um livro inteiro e comer todo tipo de porcaria que tiver em casa! — Estou quase gritando. — Essa sou eu de verdade!

Nick solta uma risada baixa, talvez por ter imaginado a cena.

— E por falar em filmes e livros, eles são as únicas experiências românticas que já tive na vida. E todo mundo acha que eu nem sou mais virgem! — Dou uma risada meio insana ao lembrar desse absurdo. — Eu nunca nem beijei um garoto, meu Deus do céu!

Dessa vez, a risada dele sai mais alta e eu paro de falar um pouco para recuperar o fôlego.

— Mas — pondera Nick, meio receoso —, se você odeia tanto tudo isso, por que inventou essas coisas sobre si mesma?

— Não é óbvio? — Achei que, mais do que ninguém, ele me entenderia. — Pelo mesmo motivo que fez você acabar sendo preso. Porque eu não queria que me rejeitassem. — Minha voz sai engasgada. — Não de novo.

— De novo? — Ele franze a testa e estuda meu rosto.

— É que...

Minha garganta se fecha de vez e eu não consigo mais falar. Posso ter destrancado vários quartos escuros do meu subconsciente e revelado a ele muitas coisas vergonhosas sobre mim, mas ainda não estou pronta para abrir a próxima porta. Tenho muito medo de lidar com o que vou encontrar lá dentro. Essa é, sem dúvidas, a verdade mais dolorosa da minha vida, e me apavoro só de pensar em ter que encará-la.

— Tudo bem. — Nick toca minha mão com carinho. Talvez ele possa mesmo ler a minha mente. — Acho que já deu por hoje.

— Você não tá chocado com tudo que eu disse?

Não é possível que ele não vá fazer mais nenhuma pergunta e nem parece surpreso depois de tantas revelações. Qualquer um teria um monte de questionamentos depois de ouvir tudo isso.

— Na verdade, não. — Dá de ombros. — Eu já sabia que havia algumas mentiras envolvidas, e depois das nossas últimas conversas, já imaginava que você não era bem quem dizia ser.

Nossos olhares se encontram, e sustentamos a troca por um tempo, o suficiente para qualquer um considerar estranho ou até mesmo suspeito.

Sinto que algo mudou entre nós.

Talvez esse seja o início de uma amizade sincera, de uma conexão mais profunda.

Pelo menos, espero que seja.

— Obrigada por hoje — digo, descendo do carro.

— Disponha. — Ele dá o famoso sorrisinho torto que estou começando a achar irresistível.

✦ Capítulo 17 ✦

Assim que entro em casa, minha avó torce o rosto de preocupação.

— Que cara é essa? — Devo estar com o rosto inchado. — O que houve, meu amor? — Ela pega as minhas mãos e me conduz até o sofá para nos sentarmos.

— Tem tanta coisa acontecendo, vó. — Dou um sorriso sofrido. — Nem sei por onde começar.

Passo pelo menos umas duas horas contando à vovó tudo o que aconteceu. Ela me ouve atentamente e até chora comigo em alguns momentos. Falo do Nick, do quanto ele me faz refletir sobre muitas coisas, das suas crenças e de como me sinto bem ao ouvi-lo.

— Já gostei desse menino. — Ela dá um empurrãozinho no meu ombro.

— Hoje ele me levou à igreja dele, e eu me senti superesquisita, vó. Parecia que tudo que o pastor falava era para mim, sabe? A mensagem foi muito boa e até me deu esperança de que as coisas podiam melhorar, mas o problema foi que quase estraguei tudo acusando o Nick de ter contado sobre mim pro pastor.

— Ele fez isso? — Vovó cruza os braços, já pronta para retirar o que disse.

— Claro que não. — Solto um muxoxo. — Eu me senti muito culpada depois de acusar ele e todas as minhas mentiras estavam me sufocando tanto que acabei contando tudo para ele.

— Tudo? — Levanta as sobrancelhas, intrigada.

— Quase tudo. — Valido as suas suspeitas. — Aquilo está além do que eu consigo encarar no momento.

— Tudo bem, meu amor. — Ela me dá tapinhas tranquilizadores na mão. — Já é um ótimo começo, e fico muito feliz de você estar se abrindo para alguém.

Durante o resto do dia, conversamos e nos divertimos juntas. A cozinha fica toda bagunçada por causa da aula de culinária que a vovó me dá. Fazemos os mesmos *cookies* que ela preparou na primeira semana de aula. Mas, diferente dos dela, os meus ficam com gosto de meia suja.

A noite chega e, mesmo exausta, não consigo deixar de temer a angústia de sempre enquanto ajeito minha cama.

Já aconchegada no meu travesseiro, confiro o horário. São 23h28.

Fecho os olhos e respiro fundo.

Logo ouço um barulho e tento ignorá-lo, jogando a coberta por cima do ouvido. O som insiste e sou obrigada a levantar para conferir o que é. Meio desnorteada, tento abrir os olhos e quase caio da cama com uma batida na porta.

— Mel? — Minha avó entra no quarto. — Você tá atrasada.

Atrasada?

Procuro o relógio na mesa de cabeceira e...

6h49???

Eu dormi demais? Ou melhor: eu *dormi*?

— Eu dormi — penso alto, em choque.

Ela faz uma careta, sem compreender a minha reação.

Nunca contei sobre meus problemas de insônia pra vovó. Mesmo que eu quisesse, não adiantaria muito, porque não teríamos dinheiro para pagar consultas e remédios. Então, pensei que seria melhor não deixá-la preocupada com isso.

— Eu dormi demais, vó! — Corro até ela, animada com minha pequena conquista, e lhe dou um beijo na bochecha.

— Iiiih! Pirou de vez — zomba, apoiando uma mão no quadril. — Se apressa, garota.

Não lembro da última vez que consegui dormir bem assim. Na verdade, apaguei. Em um momento, eu estava olhando o relógio, e no outro, já era de manhã.

Tudo bem que eu estava exausta depois de tudo que aconteceu ontem, só que, ainda assim, não esperava dormir rápido. Vivo com o corpo e a mente cansados, mas nunca caio no sono tão fácil.

Isso só pode ser resultado da minha conversa com Nick. Talvez seja porque coloquei tudo para fora e fui sincera pela primeira vez na vida.

Se essas mudanças vão continuar acontecendo, aonde será que elas vão me levar?

A única coisa que sei é que, no momento, eu me sinto leve e esperançosa.

Então aproveito essa onda de leveza e arrisco uma coisa nova: usar uma roupa que seja a minha cara. A da Melissa real, não a da personagem.

Vasculho meu armário e pego uma calça *jeans* clara de cintura alta, folgadinha e confortável. Escolho uma blusa de tricô bege sem mangas que estava escondida no fundo do armário e calço meu amado tênis branco.

Prefiro não usar muita maquiagem; apenas cubro as olheiras com corretivo, passo rímel, um pouco de *blush* e um *gloss* transparente nos lábios. Prendo o cabelo em um rabo de cavalo relaxado e fico feliz com a versão de mim que vejo no espelho.

Essa, sim, sou eu.

Saio de casa o mais rápido possível antes que a pequena chama de coragem que surgiu em mim se apague. Só que, assim que piso no Cesari, percebo que foi ingenuidade minha acreditar que conseguiria mantê-la acesa o dia todo.

Caminhando pelo corredor do colégio, estranho os olhares que recebo. É normal que me observem, mas tem algo diferente dessa vez. Aperto as alças da mochila, sentindo-me exposta além da conta, o que é estranho, já que estou mais vestida do que costumo estar.

Ah! Será que é por causa da roupa?

Não é possível que eles estejam desse jeito só porque não estou com minhas roupas de sempre.

Ai, meu Deus. Será que minha calça está suja?

Corro até o banheiro para verificar se tem algo errado, mas não encontro nada. Até porque, ainda falta dias pra minha menstruação descer.

Estou prestes a entrar na sala, ainda sem compreender o que está acontecendo, quando sou arrastada por um par de braços e encostada na parede.

— Que história é essa de ter ido numa igreja? — interroga Isa.

— O que tá rolando com você? — Carol se afasta e me olha de cima a baixo. — E que *look* é esse?

Droga!

Devo estar parecendo uma coruja de tanto que meus olhos estão arregalados. Como elas descobriram? Ignorei as mensagens das duas o fim de semana inteiro, então não tem como saberem disso.

— O Pedro, da outra turma, disse que viu uma foto sua no perfil da igreja dos pais dele. — Isa começa a explicar.

— E espalhou pra escola toda que você estava ao lado do novato — completa Carol, e então eu compreendo o motivo dos olhares esquisitos que recebi no corredor.

Tento refazer o dia de ontem na cabeça e me lembro de ver uma garota em pé durante o culto, tirando fotos do lugar. Eu estava tão envolvida que nem cogitei a possibilidade de aquelas fotos serem postadas ou de ter saído em alguma delas.

— Primeiro você começa a andar com a esquisita da Alice, o que a gente até relevou, já que supostamente vocês eram amigas de infância. — Irritada, Isa conta nos dedos minhas últimas ações. — Depois veio aquele papelão na festa do Di. E agora você é vista numa igreja, ainda por cima com o novato que ferrou com geral?

— Dá para você explicar o que tá acontecendo com você? — questiona Carol.

Como vou explicar para elas sem contar a história completa?

"Ah, então... É que eu minto para todo mundo sobre quem eu sou, e a Alice sabe a verdade, por isso ela começou a me chantagear. Como o Nick é primo dela, começamos a conviver e temos conversado muito. Ele tem me falado de Jesus e como mudou depois que O conheceu. Desde então, algo em mim quer o que ele tem e deseja saber mais sobre o que acredita. Isso tudo porque eu simplesmente não suporto mais viver essa mentira!"

Essa é a resposta sincera. Mas, se eu dissesse tudo isso, nem seria necessário que a Alice continuasse a me ameaçar para tudo ir por água abaixo.

As duas me encaram, irritadas, à espera de uma resposta. E ela precisa ser convincente. Apavorada, faço a única coisa que me vem à mente: assumir outra vez minha personagem.

— Se acalmem. Eu vou explicar. — Caço nos confins do meu cérebro qualquer motivo plausível para explicar como ela (eu) se envolveu com Alice e Nick. — Acontece que a família da Ali é muito amiga dos meus pais, então, quando ela veio estudar aqui, eles pediram que eu desse uma forcinha para ela se enturmar. Eu só ajudei porque achei que não custava nada.

Pela cara das duas, acho que a explicação colou, mas ainda não posso baixar a guarda.

— Na festa do Di, aconteceu tudo muito rápido, e eu fiquei com pena da garçonete, por ela ter que aguentar a chata da Bianca. Além disso, saí daquele jeito porque fico chorona sempre que bebo — sustento minha mentira, inventando outra.

— Tá — Carol ignora. — Mas e o lance da igreja?

Pensa rápido. Pensa!

— Ah! — Uso a voz mais nojenta que consigo. — Vocês sabem que achei o Nick um gato desde o primeiro dia. — O que é que estou falando? — E, na hora que ele deu um fora na gente, fiquei um pouco obcecada em conseguir ficar com ele. Mas a Alice me contou que, por ser muito crentão, ele não fica com garotas de fora da igreja, sabe?

— Então quer dizer que ele é seu novo desafio? — Isa parece cair na minha.

— Isso! — confirmo, com um sorriso falso nos lábios. — Só que, para conquistar o Nick, preciso entrar no mundo dele. Foi por isso que aceitei ir à igreja; agora é só questão de tempo para ele ceder.

Cada palavra imunda que sai da minha boca é como um soco no meu próprio estômago. Só queria poder engolir de volta tudo o que disse.

Nick é a única pessoa além da vovó que se importa de verdade comigo, que já tentou me ajudar. E o que eu acabei de fazer foi tão desrespeitoso com ele que chega a me dar ânsia.

As minhas supostas amigas começam a rir maliciosamente. Sei que acreditaram em cada palavra que eu disse, afinal, é a minha cara fazer tudo isso. Ou melhor, a cara da falsa Melissa. Não me espanta nem um pouco elas terem comprado a mentira.

— Agora você me surpreendeu, Mel — admite Isa, empurrando meu ombro de brincadeira.

— Você é terrível — diz Carol, com admiração no olhar.

Finjo um sorriso e, na tentativa de disfarçar meu sofrimento, viro o rosto para o lado.

Só que nada me preparou para o que vejo.

Parado bem na porta da sala, está a última pessoa que deveria estar ali.

Nick.

A confusão e a decepção em seus olhos me confirmam que ele ouviu todas as besteiras que acabei de dizer.

Carol e Isa seguem meu olhar, mas Nick já se foi.

— O que foi? — pergunta Carol ao me ver encarar o nada.

— Você tá pálida — adverte Isa.

Não tenho mais tempo a perder com essas duas. Já tinha me arrependido da mentira sobre Nick antes mesmo de saber que ele ouviu tudo, mas não tem como ele saber disso. Preciso encontrá-lo para explicar o que aconteceu e pedir desculpas o mais rápido possível.

Ignoro as meninas e saio em busca de Nick. O problema é que, com o corredor cheio de alunos, é impossível achá-lo.

Ele nunca mais vai acreditar em mim. Mesmo que eu explique que tudo o que disse é mentira, como ele vai confiar em uma mentirosa compulsiva como eu? Como vai saber qual parte da minha vida ou das coisas que falo são de fato reais?

Sinto-me como aquele garoto da história do lobo e das ovelhas, que mente tanto que ninguém acredita quando ele finalmente diz a verdade.

É assim que Nick deve me enxergar agora.

Ainda assim, preciso arriscar e me explicar para ele. Tenho que fazer pelo menos uma tentativa de consertar as coisas.

Eu não posso perdê-lo.

Só a ideia de ele não querer mais olhar na minha cara já parte meu coração em pedaços.

Continuo a me desviar do amontoado de alunos pelo caminho, sem achar Nick em lugar nenhum. Em vez disso, pro meu infortúnio, esbarro em Alice.

— Para onde você tá indo? — pergunta.

— Você viu seu primo? — Ignoro sua pergunta, com pressa.

De repente, a música tema da escola ressoa pelos alto-falantes.

— *Bom dia, alunos* — a diretora começa a falar assim que a melodia acaba. — *Estou passando aqui só para informar que, no próximo fim de semana, ocorrerá nosso primeiro evento beneficente do ano, no qual serão arrecadadas doações para um orfanato. Por favor, peço que juntem o que puderem para essa boa ação.*

Um burburinho começa no corredor. Alguns parecem felizes por poderem ajudar os menos favorecidos, mas a maioria só reclama por ter que vir à escola em um sábado. Mimados!

— *Ao final* — prossegue a diretora —, *como nos dois últimos anos, nossa querida aluna Melissa Andrade vai fazer o discurso de encerramento e anunciar a instituição escolhida. Agora, vão para as suas respectivas salas, porque o sinal já vai tocar.*

— Você sabia disso? — Alice torce o nariz e aponta para as caixinhas de som no teto.

— Não, mas não importa. — Não tenho tempo para pensar nisso agora. — Você viu seu primo ou não?

— Se você está procurando por ele, os boatos devem ser verdade. — Ela estala a língua em sinal de desagrado. — Você realmente foi na igreja com o Nick? Tá mesmo rolando alguma coisa entre vocês, né? — Alice cruza os braços de maneira inquisitiva.

— Alice! — Perco a paciência. — Você viu o Nick ou não?

— Aff! — Ela faz uma careta antipática. — Eu vi, sim. Ele passou por mim agorinha há pouco com uma cara péssima e disse que precisava ir pra casa.

Sem pensar duas vezes, corro em direção às portas da escola e não olho para trás, nem quando ouço o grito de Alice.

— Aonde você vai, Melissa?

Vou falar com ele.

Eu preciso falar com o Nick.

Capítulo 18

SÚPLICA

Chego à casa de Alice em uma velocidade quase sobre-humana. Do lado de fora, avisto o carro de Nick estacionado em frente ao portão da garagem, então corro até a porta de entrada. Encaro a madeira com o coração acelerado e todos os piores cenários que podem se desenrolar nos próximos minutos passam na minha cabeça.

Nick pode nem abrir a porta; ou me deixar entrar e jogar na minha cara tudo o que sei que mereço ouvir; ou, na pior das hipóteses, ele pode não acreditar em mim e nunca mais querer me ver.

Meu coração dói quando penso em todos esses possíveis desdobramentos da nossa história, mas, mesmo assim, preciso enfrentar a situação.

Respiro fundo, na tentativa de ganhar coragem, e bato na porta. Enquanto espero, a parte interna das minhas bochechas é punida pela minha ansiedade.

Após alguns segundos, Nick abre a porta e, assim que nota a minha presença, seu semblante esmorece. Vê-lo assim, e saber que fui a única responsável por isso, é muito pior do que se ele tivesse me dado uma rasteira.

— Nick, por favor, deixa eu te explicar — suplico, segurando as lágrimas.

Ele não diz nada, apenas sai pra varanda, fechando a porta atrás de si, e se apoia nela com os braços cruzados. Afasto-me um pouco para abrir espaço e o nervosismo me corrói por dentro. Tive pena das minhas bochechas, mas agora são as minhas cutículas que sofrem.

Estamos um de frente pro outro, e ele me encara na expectativa de ouvir o que tenho a dizer.

— Me desculpa, Nick. — Abraço meu próprio corpo para evitar que ele trema por completo. — Nada do que você ouviu é verdade.

— Eu sei que não é, Melissa — explica, um tanto incomodado. Fico surpresa ao saber disso. — E isso é o que mais me irrita, sabe? — Antes de continuar, solta um riso suspirado. — Eu acho até que preferia que fosse tudo verdade.

— Como assim?

O que ele quer dizer com isso? Não tem lógica alguma Nick preferir que eu estivesse o enganando só para ficar com ele. Que todos os nossos momentos juntos, nossa conexão e recente amizade fossem falsas.

— Pelo menos você não estaria se sabotando mais uma vez. — Ele descruza os braços e coloca as mãos no bolso. — E mesmo que eu descobrisse e não gostasse de quem você é de verdade, pelo menos *seria* você de verdade.

— Você não entende, Nick. — Mesmo sabendo que isso não é verdade, é a única coisa que consigo dizer agora.

— Você sabe que eu entendo, Melissa. — Seu tom de voz é sereno. — Mais do que ninguém, eu entendo. Já estive no seu lugar, lembra? E você viu onde tudo isso me levou.

A culpa me consome mais uma vez. Sei que o Nick é a pessoa mais me entende e sinto como se tivesse acabado de pisar em tudo o que ele tem feito por mim, cedendo na primeira pressão. Deixei o medo falar mais alto e coloquei nossa recente, mas sincera, amizade em risco.

Por nada.

— Eu não sabia o que dizer. — Caminho de um lado pro outro e tento de alguma forma justificar minhas ações. — Eu não sei mais o que fazer, Nick. Eu sei que você disse que dá para viver de outra forma, mas não sei como fazer isso, e mesmo que eu tente...

Minha garganta trava e eu não consigo mais segurar as lágrimas. Desabo no banco de madeira antes que minhas pernas também cedam e eu caia no chão.

— E se ninguém gostar de mim? — pergunto mais para mim mesma do que para ele. — E se eu acabar sozinha?

Nick se aproxima de mim e se agacha na minha frente até ficar na minha altura. Seu rosto é pura compaixão quando ele toca de leve o meu ombro. Achei que ia apenas dar alguns tapinhas de conforto, mas, ao invés disso, ele deixa a mão descansar perto da minha clavícula.

— Eu gostei — revela, sem tirar os olhos dos meus. — Gostei muito mais da verdadeira Melissa que você me mostrou nesse fim de semana do que da Melissa falsa da escola.

Queria abraçá-lo agora. Mesmo muito surpresa por ele ter sido tão aberto, meu coração se aquece por saber que pelo menos ele me aceita como sou, então nem tudo está perdido.

Mas o momento comovente dura pouco, porque Nick se levanta e cruza os braços outra vez.

— Mas eu sou humano e posso te decepcionar a qualquer momento. É por isso que você não deve se apegar e nem depender do que eu ou qualquer um acha de você. — Ele se senta ao meu lado. — Lembre de tudo o que você ouviu ontem e do que já te falei. Tem alguém lá em cima que não quer que você se force a ser perfeita. — Seu rosto se ilumina. — É Ele quem quer te fazer perfeita aos olhos Dele. E o mais importante...

Gentil, Nick segura as minhas mãos e me transmite uma série de emoções.

É como se seu toque dissesse que ele se importa de verdade comigo, com as minhas escolhas e com o meu futuro.

— Ele *nunca* vai te abandonar, Melissa.

O seu sorriso é sereno, mas os olhos queimam com uma força quase sobrenatural.

— Nick, eu... — Não sei o que dizer.

Minha mente está um turbilhão. Todas as suas palavras martelam em minha cabeça. As coisas que ouvi na igreja, minhas lembranças do passado, a chantagem de Alice, meus medos e minhas mentiras. Tudo vem à tona ao mesmo tempo e eu não consigo organizar os pensamentos.

Após meu silêncio, Nick se levanta. Só que ele não parece chateado ou irritado. Como ele consegue sempre parecer tão calmo?

— Olha, Melissa, você veio aqui se desculpar comigo, mas pode ficar tranquila. Eu já tinha te perdoado antes mesmo de ir embora da escola.

Por essa eu realmente não esperava.

— Então por que você veio pra casa? — Verbalizo minha confusão.

— Não vou mentir e dizer que não fiquei chateado ao ouvir aquilo, mas não voltei para casa porque estava com raiva. Eu vim porque achei que você não ia conseguir me encarar o resto do dia, e, mesmo que tentasse, não ia pegar bem ser vista comigo depois de a notícia de que estávamos juntos ontem ter se espalhado.

Então, apesar de eu ter dito todas aquelas besteiras e o magoado, ele ainda estava preocupado comigo?

— Mas, já que você veio aqui, preciso falar que espero de verdade que você repense a forma como tem vivido e as escolhas que vem fazendo. Pense principalmente para onde tudo isso está te levando. — Ele cruza os braços e olha pra porta como se tivesse se lembrado de algo. — Ah! Eu tenho uma coisa para te dar.

Nick entra em casa e depois volta com sua mochila nas mãos. Em silêncio, remexe o bolso maior e tira de lá uma caixa de presente muito bonitinha.

— O que é isso? — indago quando ele coloca o embrulho em minhas mãos.

Por que Nick está me dando um presente? Essa é a última coisa que eu merecia hoje.

— Eu tinha levado para te entregar na escola, mas, com tudo o que aconteceu, não consegui — ele dá de ombros. — Abre só em casa, tá?

Será que esse é um jeito educado de ele me dizer para ir embora ou só está com vergonha que eu veja o presente na sua frente?

De qualquer forma, já esclarecemos as coisas (na medida do possível), então não há motivos para continuar aqui. Melhor deixá-lo em paz.

Antes de ir, agradeço o presente e reforço o quanto sinto muito por tudo

Não tenho energia nenhuma para voltar pra escola, por isso, vou direto para casa e vovó se assusta ao me ver. Dou a desculpa de que não estava me sentindo muito bem e precisei voltar para descansar. Ela não questiona, já que nunca falto à aula; nas raras vezes que faltei, foi por um bom motivo.

Já no meu quarto, sento-me na cama e seguro o presente de Nick.

Hesito por um segundo antes de conseguir abrir a caixa.

É uma Bíblia.

E é linda, toda enfeitada com flores e pássaros.

Abro na primeira página e sorrio, um pouco surpresa. Tem uma dedicatória escrita com uma letra engraçada, bem a cara dele.

Espero que você encontre e encare a Verdade!
Do seu mais novo (e improvável) amigo...
Nicholas ☺

As lágrimas que eu já havia controlado voltam com força total, e não acho que vão parar de cair tão cedo. Só tenho forças para colocar o presente na minha escrivaninha e me largar na cama.

No dia seguinte, também não vou à escola. E, mesmo depois de passar horas e horas dormindo durante o dia, ainda me sinto exausta, física e emocionalmente. Não consigo sair da cama, nem sei se quero.

Minha cabeça está a mil. Não faço ideia de como será daqui para frente. Agora não dá mais para voltar, fingir que nada aconteceu nos últimos dias e seguir a minha vida no ritmo "normal". Até porque, não quero mais o meu normal. Só que eu também não sei se tenho capacidade para me libertar dele.

Já é quase noite e não saí do quarto desde que cheguei ontem. Minha avó já bateu dezenas de vezes na porta, mas eu a ignorei. Nem a culpa que senti por preocupá-la foi suficiente para me fazer levantar e falar com ela.

Dessa vez, ela entra sem nem mesmo bater, segurando um prato com o jantar.

— Mel, você precisa comer, minha filha. — Sua voz soa consternada, quase suplicante.

Não como nada desde a manhã passada. Ainda assim, não sinto nem um pouco de fome. Meu apetite desapareceu.

— Não tô com fome — falo baixinho e me viro de costas pra porta.

Ouço minha avó colocar o prato na mesa de cabeceira e o colchão afunda quando ela se senta ao meu lado.

— O que aconteceu com você? — pergunta ao acariciar minhas costas. — Por que está assim?

— Nada, vó. Só preciso colocar minha cabeça no lugar — respondo com a verdade resumida.

Minha indisposição persiste nos dias seguintes. Até consegui voltar a comer, mas o sono era tão incontrolável que dormi quase o dia inteiro, o que é muito estranho para alguém que não dormia nunca.

A confusão dentro de mim não melhora nem um pouco. Eu queria ser forte para decidir o que fazer da minha vida, só que algo parece me impedir e me puxar cada vez mais pro fundo do poço.

Desde segunda-feira, quando comecei a faltar, recebi várias mensagens da Alice. Ela reclamou que está sendo tratada de forma diferente pelo pessoal da escola, já que eu não estou lá.

Sei que ela vai surtar por eu não responder, mas não faço ideia de como acalmá-la, então prefiro ignorar.

Já Nick me enviou uma mensagem ontem. Ele queria saber se eu não ia mesmo pra escola e se estava tudo bem. Só respondi que estava um pouco indisposta e precisava de um descanso.

Só depois de três dias minhas supostas amigas decidem entrar em contato comigo. Confiro a notificação no grupo.

Isa
Cadê vc, Melissa??? 9h15 ✔

Eu preciso q vc me ajude nuns lances com o Diego!! ●● 9h16 ✔

Logo depois, ela envia um vídeo do Felipe fazendo palhaçada no intervalo e uma série de links para vídeos aleatórios do TikTok.

Carol
Esse fim de semana , vou numa festa e n tenho nada pra vestir !! 13h23 ✔

Mel... Queria usar aquela sua bolsa brilhosa que eu amoooo !!! Cê me empresta ??? Pliiiiis !!! 13h25 ✔

Isso chega a ser nojento. Estou há dias sem ir pra escola e elas não têm nem a decência de perguntar se eu estou viva. Reviro os olhos e arremesso o celular na cama. Acho que não vou ter a menor condição de lidar com elas tão cedo.

Quando chega o quinto dia de isolamento, encaro meu reflexo no espelho pela primeira vez essa semana. Meu estado é deplorável. Meu cabelo está um nojo de tão sujo e embolado, e com toda certeza vou ter que jogar meu pijama no lixo. Preciso de um banho urgente para dar um jeito na figura caótica que me encara no espelho.

Fico debaixo do chuveiro sei lá por quanto tempo, como se a água fosse capaz de levar toda a tristeza embora. O resultado não foi milagroso, mas acho que recuperei parte da minha dignidade.

Minha escova de cabelo não está no banheiro e eu preciso revirar a bagunça do quarto atrás dela, mas encontro outra coisa.

A Bíblia que Nick me deu está intocada na minha escrivaninha.

Como pude esquecer completamente dela?

Começo a folheá-la e paro em uma página específica que ele deixou marcada com um *post-it*.

Comece por aqui!
Jesus quer falar
com você!

Logo abaixo, há um trecho pintado com marca-texto.

²⁸ Venham a mim, todos os que estão cansados e sobrecarregados, e eu lhes darei descanso. ²⁹ Tomem sobre vocês o meu jugo e aprendam de mim, pois sou manso e humilde de coração, e vocês encontrarão descanso para as suas almas. ³⁰ Pois o meu jugo é suave e o meu fardo é leve.

Essas palavras fazem tanto sentido e se encaixam perfeitamente no meu estado atual.

Não sei como, mas, enquanto releio esse trecho uma vez após a outra, a confusão mental que me impediu de organizar meus pensamentos nos últimos dias começa a se dissipar. É como se eu tivesse despertado de um pesadelo, um daqueles em que fico perdida, correndo atrás de sabe-se lá o quê e, por algum motivo, minha voz não sai.

Não suporto mais viver fingindo, com medo e ansiosa. Tudo que tenho feito é satisfazer as expectativas de todos à minha volta e me destruir aos poucos. Parece que estou presa ao que *acho* que é melhor para mim, e viver assim não tem dado boas recompensas. Cansei de ser refém de mim mesma.

Eu estou tão exausta.

Preciso desse descanso.

A minha alma necessita disso mais do que tudo.

As lágrimas escorrem, mas continuo a folhear a Bíblia. Nick deixou vários outros trechos grifados e teve o cuidado de colocar explicações em todos os que eu poderia não entender.

A maioria dos grifos contém ensinamentos sobre quem é Jesus, o amor Dele e o sacrifício que fez por nós. Os *post-its* esclarecem a respeito da criação da Terra e como fomos feitos à imagem e semelhança de Deus: perfeitos, assim como Nick havia me falado.

Descubro como o pecado entrou no mundo e como perdemos a vida plena e eterna que o Criador desejava para nós. Aparentemente, desde então, o ser humano "corre" do verdadeiro Deus e cria seus próprios deuses falsos, como o dinheiro e a fama. Mas Ele é tão misericordioso que dá aos seus filhos outra chance de terem a vida eterna ao Seu lado, e só assim há plenitude.

Nick explica que as "regras" não são limitações chatas, e sim mandamentos e conselhos de como devemos agir para ter uma boa vida, porque Deus sabe que o melhor para nós é viver em santidade, como era no princípio.

Passo o resto do dia lendo sobre esses "conselhos" e fico mais e mais encantada a cada palavra.

Cada promessa que recebo faz a esperança crescer dentro de mim.

Tive que reler algumas partes, porque umas coisas me deram um baita nó na cabeça, mas, mesmo assim, continuei sem entender. De qualquer forma, acho que, mais cedo ou mais tarde, vou acabar compreendendo.

À noite, enquanto ainda estou absorta na leitura das marcações e nos *post-its* de Nick, um toque no meu celular me desconcentra.

O nome de Alice surge na barra de notificações e respiro fundo antes de abrir a conversa.

Alice
Morta eu sei que vc não tá!! 20h47 ✔

Então dá pra me explicar pq vc não responde minhas mensagens e que raios tá acontecendo pra vc ter faltado a semana toda?? 20h50 ✔

Vc esqueceu do nosso acordo?? 20h51 ✔

Não é possível que eu não consiga ter um minuto de paz!

Aperto o celular para não ceder a vontade de tacá-lo longe.

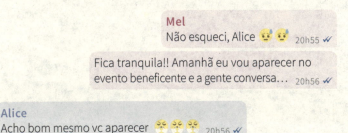

Volto pra cama e encaro a Bíblia de Nick por um tempo... ou melhor, a *minha* Bíblia. Deitada, eu a pressiono contra o peito com força e fecho os olhos.

Depois de tudo isso, acho que não me importo mais se a Alice vai me expor e contar a verdade para todos. Pensando bem, ela me faria um grande favor, porque quem não aguenta mais sou eu.

Com os olhos ainda fechados, sinto as lágrimas rolarem pelas laterais do meu rosto e não as impeço.

Lembro-me da noite em que encontrei o Nick na sala da sua casa orando e decido arriscar. Encaro o teto em busca das palavras certas para falar com Deus pela primeira vez na vida.

— Se você, quer dizer, se o Senhor existe e nunca vai mesmo me rejeitar, eu vou até o Senhor — declaro do fundo da minha alma. — Custe o que custar.

Mais lágrimas escorrem quando meus olhos se fecham.

— Me ajuda. Me ajuda. Me ajuda... — suplico em sussurros.

Capítulo 19

QUANDO OUÇO A SUA VOZ

Estou no corredor da escola.

Uma neblina sombria toma conta do lugar escuro.

O clima está esquisito e parece um *déjà vu*.

Dou só mais alguns passos até me deparar com um homem e uma mulher de costas.

E sei que já vivi tudo isso antes.

Tento tocá-los, mas eles começam a se afastar. Meus pés travam no chão.

— Mãe! Pai! — chamo em desespero.

Dessa vez, minha mãe se vira e me estende a mão. Meus pés se soltam do chão, só que, quanto mais tento me aproximar dela, mais algo nos afasta.

A neblina embaça seu rosto, apesar disso ainda consigo ver seus olhos, no mesmo tom dos meus, cheios de lamento.

Ambas tentamos nos aproximar uma da outra, mas é como se houvesse uma força desconhecida que nos repele e me puxa cada vez mais para trás até que a perco de vista.

Alice surge da escuridão e agarra meu braço, assim como na primeira vez. A risada cada vez mais sinistra me obriga a tapar os ouvidos. Minhas pernas cedem e eu desabo no chão.

Não acredito que estou revivendo esse pesadelo.

Tenho medo de fechar os olhos, pois sei o que vem a seguir, só que eu não aguento mais ouvir as gargalhadas de Alice, que chegam a me causar dor física. Então, apesar de saber o que está por vir, aperto os olhos com força.

Na mesma hora, as risadas cessam e eu me forço a olhar em volta.

Ainda prostrada, estou no meio da rodinha cheia de rostos familiares, que me analisam calados. Tento falar, mas as palavras ficam presas na minha garganta, como se meu corpo se recusasse a me obedecer. Desisto e faço um esforço para me levantar, mas Carol e Isa me jogam pro chão outra vez.

De repente, Alice brota do nada e aponta o dedo para mim, dando as mesmas gargalhadas de antes. Todos a imitam e o som se torna cada vez mais enlouquecedor.

Meu rosto queima de vergonha e frustração, estou totalmente humilhada.

A mesma exaustão que me consumiu da última vez começa a se espalhar pelo meu corpo, até que sou puxada para longe.

Nick.

Ele me lança um sorriso calmo, e não são necessárias palavras para que eu entenda o que esse gesto quer dizer: tudo vai ficar bem. Nick me abraça forte e, aos poucos, as batidas do meu coração se normalizam até que eu esteja tranquila em seus braços. Ao ver que me acalmei, ele me solta e me analisa por alguns segundos antes de virar o e contemplar alguma coisa à minha direita.

Sigo seu olhar até uma porta dupla, um pouco distante de nós.

Ela é enorme e branca, com ornamentos dourados, resplandecendo em uma aura cristalina.

Nick volta a me encarar, com aquele sorriso torto que tanto gosto nos lábios e aponta com a cabeça em direção à porta, como se pedisse para que eu vá até lá.

Mesmo sem ter noção alguma do que vou encontrar ao atravessá-la, minha confiança nele é tão grande que obedeço e caminho até ela. Sem pensar duas vezes, giro a maçaneta.

Uma luz incandescente me atinge e torna impossível enxergar qualquer coisa lá dentro. O brilho forte chega a arder os meus olhos, e sou obrigada a cobri-los com as mãos.

— Melissa!

Estremeço com a voz grave. A princípio, ela parece assustadora, mas logo sou preenchida por uma sensação de acolhimento e familiaridade.

— Eu estou aqui! — brada mais uma vez.

Tento captar de onde vem o som, só que ele parece estar saindo de todos os lugares ao mesmo tempo.

— Sempre estive e sempre estarei! — A voz ecoa por todo o lugar.

O brilho forte ainda resplandece e não consigo sequer abrir os olhos, tamanha é a intensidade da luz. É como se eu estivesse perto do sol, mas, em vez de ser queimada viva, sinto-me abraçada.

— A única coisa que desejo de você é a sua sinceridade, minha filha!

Meu coração dispara.

Agora eu sei quem está falando comigo.

Acordo ofegante em uma pequena poça de suor, mas com o coração cheio de alegria. As lágrimas transbordam e eu preciso cobrir a boca para não soluçar alto.

Ele me chamou de *filha*? Como logo eu, tão mentirosa e cheia de defeitos, fui chamada de filha pelo Criador do universo?

Será que foi real? Como isso é possível?

Não faço ideia. Só sei que tudo isso pode ter sido apenas um sonho, mas prefiro acreditar que Deus ouviu a minha oração e me enviou a ajuda que pedi ontem à noite. Que, da mesma forma que sei que o sol vai nascer outra vez amanhã, não foi apenas um sonho comum.

Talvez esse seja o Seu jeito de me confirmar o que preciso fazer.

E nada, nem ninguém, vai me impedir.

✦ Capítulo 20 ✦

ENCARANDO A VERDADE

O dia do evento beneficente chegou e, na loucura da última semana, não me lembrei de separar nada para doar. Por sorte, a vovó é maravilhosa e fez isso por mim.

No ônibus, falamos bem pouco. Observo as fachadas das lojas correrem pela janela e tento ignorar minhas mãos trêmulas. Aperto a caixa cheia de alimentos que a minha avó conseguiu arrecadar com as pessoas da nossa rua. Não temos muito para doar, mas nossos vizinhos são bons de coração e se solidarizaram com a causa.

Ao chegarmos no Cesari, preciso fazer um esforço absurdo para equilibrar a caixa, com vovó no meu encalço. O corredor está tomado por alunos, pais e professores, todos andam de um lado pro outro e organizam as doações em suas respectivas salas.

Caminho em direção à minha e vejo Nick sair pela porta. Nossos olhares se encontram e, de longe, ele faz um breve gesto com a cabeça, como quem pergunta se está tudo bem. Sorrio, para tranquilizá-lo, e engulo a minha vontade de correr até ele e contar tudo o que aconteceu na última semana.

Nick segue seu caminho, e eu entro na sala com a vovó, grata por poder me livrar dessa caixa pesada. Mal tiro dois sacos de feijão lá de dentro quando Isa e Carol surgem na minha frente e me puxam pro corredor.

— Onde você se meteu? — Isa me cerca. — Passou a semana com um *boy* e esqueceu de dar detalhes pra gente, é? — Levanta as sobrancelhas, insinuando algo indecente.

— O quê? — Ela só pode estar brincando. — Claro que não! Eu só não estava me sentindo mui...

— Você trouxe a bolsa que eu te pedi? — interrompe Carol.

Isso é sério mesmo?

Sou obrigada a respirar fundo para não gritar com as duas. Estou um tanto decepcionada com a atitude delas, mas nem um pouco surpresa, até porque eu sempre soube que não se importavam de verdade comigo, só não imaginava que nem me considerassem um ser humano merecedor de preocupação.

— Nenhuma de vocês vai perguntar se eu tô bem, não? — verbalizo minha indignação, sem conseguir controlá-la. — Se eu fiquei doente? Se eu estou morrendo, ou algo parecido?

Isa e Carol fazem uma careta e me encaram como se eu fosse uma criança mimada dando um piti por algo bobo.

— Não importa. — Reviro os olhos. — Falo com vocês depois. — Saio sem nem olhar para trás.

— E a bolsa? — Ouço o grito de Carol quando me afasto.

Inacreditável!

Preciso de uma água depois dessa. Vou até o bebedouro do corredor, mas, antes que eu consiga chegar lá, Alice se materializa na minha frente, prestes a cuspir fogo.

Eu só quero beber água! É pedir demais?

— Ficou maluca? O que você estava pensando? — Ela se controla para não gritar. — Você me deixou sozinha a semana toda. A Isa e a Carol mal olharam na minha cara, e geral já tá começando a me ignorar também.

— Calma, Alice. — Suspiro.

Até semana passada, eu também surtaria se estivesse em seu lugar, então até a compreendo. Só que agora, isso tudo me parece tão pequeno e bobo que não consigo deixar de sentir compaixão por ela. Será que foi assim que Nick se sentiu comigo?

— É bom que você tenha uma desculpa muito boa pro seu sumiço — avisa, entredentes.

Não vejo razão para não ser sincera e dizer de uma vez o motivo de eu não estar bem o suficiente para vir à escola nos últimos dias.

— Na segunda, fui embora porque o Nick me ouviu falar umas mentiras péssimas sobre ele pra Isa e pra Carol. A gente até conversou depois, só que eu passei a semana muito mal por ter feito isso.

— O quê? — A cara dela muda de incredulidade para choque em questão de segundos. — Quer dizer que você me deixou a semana inteira aqui sozinha por causa de uma mentira? — Seu tom se transforma numa mistura de zombaria e desdém. — A sua vida *inteira* é uma mentira, Melissa. Uma a mais não faz a menor diferença.

Mesmo que eu passasse horas explicando meus motivos, Alice não entenderia. Ainda vou precisar de muita energia pro que pretendo fazer hoje, não dá para me desgastar tentando explicar algo que ela não vai compreender.

— É só que... — Suspiro. — Dessa vez é diferente, tá bom?

— Olha, quer saber? Você vacilou feio comigo, e sua desculpa não chegou nem perto de ser boa o suficiente para me convencer a te dar um desconto — diz ela, com o dedo indicador pressionando meu ombro. — Você não fez sua parte, então não vou fazer a minha.

Achei que não me importava mais se ela revelasse tudo, mas, pensando bem, acho que mudei de ideia. Alice não pode contar a verdade, não nesse momento.

— Eu ainda tenho tempo antes do seu prazo acabar, Alice. Eu prometo que vou dar um jeito, me deixa só fazer mais uma coisa, pode ser? Eu tenho uma solução.

— Que solução? — Ela me fita, confusa.

— Confia em mim. — Seguro seus ombros. — Só dessa vez.

— Acho bom que isso funcione. — Alice empurra minhas mãos antes de ir embora.

Por meio do alto-falante, a diretora pede que todos se encaminhem pro local de finalização do evento. Ao chegar no auditório cheio, procuro vovó e Nick no meio da movimentação. Como minha avó sabia que eu faria um discurso hoje, sentou-se bem perto do palco.

Já Nick está no centro do auditório, distraído no celular, de modo que nem me vê subir as escadas do palco e sentar perto de alguns professores e da representante do orfanato ao qual as doações serão destinadas.

Assim que todos se acomodam, a diretora vai até o púlpito e começa a falar.

— Gostaria de agradecer a todos pela presença e pelas doações feitas hoje.

Por pelo menos uns trinta minutos, todos os envolvidos fazem discursos para lá de maçantes que deixam a plateia distraída e entediada. Após uma eternidade, o microfone finalmente é devolvido à diretora, que me olha com animação.

— Agora, Melissa Andrade, nossa aluna-destaque, vai dizer algumas palavras em nome dos estudantes, para encerrar nosso evento.

Sinto as expectativas de todos os alunos e pais presentes sobre mim. Como nos últimos dois anos, o auditório inteiro se torna uma mistura de palmas, assobios e gritos quando me levanto da cadeira. Alguns gritam meu nome e batem palmas, e outros soltam elogios.

Caminho calmamente até o púlpito, com meu coração a mil por hora. Apesar de já ter estado aqui outras vezes, agora parece diferente. O nervosismo e a ansiedade insistem em assumir o controle e eu estou a um triz de fingir um desmaio, se eu não desmaiar de verdade.

— Obrigada, diretora. — Engulo seco, ciente de que todos prestam atenção em mim. — Eu sei que fui escolhida para encerrar o evento principalmente por causa do meu desempenho na escola. Acredito que a imagem que vocês têm de mim também tenha contribuído para isso, não é mesmo? Todos aqui acham que sou a personificação da perfeição, e sei que a maioria me ama, me odeia ou quer ser igual a mim.

Algumas pessoas torcem o nariz em uma careta confusa, sem saber direito aonde quero chegar com essa introdução. É bem provável que estejam me achando doida ou muito egocêntrica.

Faço um esforço para não olhar para Nick, mas não consigo resistir por muito tempo e me permito vasculhar a sala até encontrá-lo. Ele está com as sobrancelhas franzidas e parece não fazer ideia do que está prestes a acontecer.

— Mas isso tudo é mentira. — Arranco o curativo de uma vez, como a vovó fazia quando eu era pequena e o *band-aid* já estava nojento. "Assim dói menos", ela dizia. — Tudo o que vocês sabem sobre mim é falso.

Se já estavam confusos antes, agora estão desorientados e um burburinho sutil se espalha pela sala.

Alice agarra os braços da cadeira como se estivesse se controlando para não correr até aqui. Imagino a sua frustração, já que, mais cedo, quando eu disse que ia dar um jeito, ela deva ter interpretado que eu teria a solução definitiva para deixá-la popular.

— Minhas notas não são boas porque sou uma gênia ou algo do tipo. Na verdade, eu passo minhas tardes e meus fins de semana estudando que nem uma maluca, e não curtindo, como vocês pensam — disparo.

Agora que comecei, não dá mais para voltar atrás. Preciso colocar tudo para fora e resolver essa confusão.

— Todos os boatos sobre a minha vida amorosa também estão longe de serem reais, porque o mais próximo que eu cheguei de beijar alguém foi quando dei um selinho no protagonista desenhado na capa do meu livro preferido. — Solto uma risada autodepreciativa pelo nariz.

Meus colegas cochicham com mais intensidade agora. Vejo expressões de pena, diversão, escárnio e raiva por todo lado, mas nada disso vai conseguir me parar.

— Nunca fiz uma viagem internacional, nem nacional, para falar a verdade, e as fotos que eu tenho no meu perfil são todas imagens genéricas que pego do Google. Na real, minhas férias são sempre no sítio do meu tio-avô, cuidando dos porcos e das galinhas dele. E, por incrível que pareça, sou muito boa nisso.

Antes de vir pra escola hoje, enquanto me arrumava, eu já estava decidida a contar tudo na hora do meu discurso, mas agora, prestes a expor a todos o maior segredo da minha vida, eu quero sair correndo. Só que, ao mesmo tempo, tenho certeza de que estou fazendo a coisa certa, apesar das consequências, e isso acalma meu coração e me dá forças para continuar.

— E por que você mentiu?! — alguém que não reconheço grita no meio do auditório.

— Bom, para explicar o motivo de eu ter inventado tudo isso, preciso voltar ao passado, antes de eu nascer. — Minha garganta fecha e respiro fundo para tentar conter o choro. Ainda assim, uma lágrima escapa. — A família da minha mãe era bem humilde, e ela era um pouco mais velha do que sou agora quando ficou grávida de mim. — Abraço meu próprio corpo ao colocar minha maior vergonha em palavras. — Meu pai era um garoto rico que só ficou com ela por diversão, então não aceitou destruir o seu futuro promissor por uma criança que nem sabia se era mesmo dele.

Os cochichos cessam. A plateia inteira fica em total silêncio, com os olhos arregalados e vidrados em mim.

Minha avó seca as lágrimas e Nick me fita, com uma mistura de preocupação e compaixão em seus olhos.

— Até hoje, não faço ideia de quem é meu pai, porque minha mãe nunca me contou. — Dou de ombros. — Ela ficou tão decepcionada com seu primeiro amor que não quis saber de mim depois que nasci, então me deixou com minha avó e foi viver a sua vida, como se eu não existisse. Na primeira oportunidade, ela foi embora pra Europa e não falou mais comigo. — Mais algumas lágrimas escorrem. — Eu só tinha quatro anos quando ela me abandonou de vez.

Agora que coloquei em palavras, acho que essa seja a origem do meu medo de ser rejeitada e acabar sozinha. As duas pessoas que deveriam me amar incondicionalmente me abandonaram. Minha mãe me enxergava como um fardo, e meu pai não me quis, nem mesmo desejou me conhecer.

A minha mera existência os incomodou tanto que não suportaram me ter por perto. Por isso sempre senti que eu não era suficiente e que nada do que eu fizesse alcançaria as expectativas das outras pessoas.

— Uns anos atrás, ela se casou com um cara rico e teve dois filhos com ele. Acho que isso acabou aflorando seu instinto materno ou sei lá o quê, porque, depois de quase dez anos sem falar comigo, minha mãe teve a cara de pau de querer reatar os laços.

Em silêncio, todos me ouvem contar sobre como Catarina se ofereceu para pagar a mensalidade da escola e me enviou vários presentes, o que justifica a minha ostentação.

— Então, como vocês já devem ter concluído, não sou filha de diplomatas em serviço na África, muito menos sou podre de rica como pensam. Eu e minha avó vivemos da aposentadoria dela, e todas as minhas coisas caras são a forma torta que a minha mãe encontrou de compensar a sua ausência.

Faço uma pausa para me recompor após mergulhar tão fundo nas lembranças dolorosas do passado. Acho que ainda preciso me convencer de que essa história pode até fazer parte de quem eu sou, mas não me define.

Observo as expressões das pessoas sentadas à minha frente. Alguns pais estão chorando, com pena. A maioria dos meus colegas está em choque e alguns, especialmente Alice, me encaram com raiva, quase com fumaça saindo de suas cabeças. Aposto que, se ela tivesse o poder de lançar raios *laser*, eu já teria sido fulminada.

Nick está sentado na ponta da cadeira, com as mãos apoiadas no assento da frente, quase se levantando. Abro um sorriso tranquilizador que diz: "Estou bem, fica tranquilo." Na mesma hora, várias cabecinhas se mexem, à procura do destinatário do meu gesto, mas sem sucesso. Nick entende as palavras não ditas e relaxa o corpo.

— Por muito tempo — prossigo, invadida por uma dose extra de coragem ao ver aquele sorrisinho torto nos lábios de Nick —, tentei entender se eu tinha feito algo de errado para merecer ser abandonada, mas nunca encontrei uma resposta. Então passei a ter tanto medo de ser rejeitada de novo que me convenci de que só seria aceita se fosse exatamente quem os outros queriam. Eu tinha certeza de que só seria amada se fosse perfeita. E foi assim que surgiu essa Melissa que vocês achavam que conheciam.

Solto uma risada engasgada em meio ao choro.

Meu Deus, como eu fui estúpida nesses últimos anos.

— Peço mil desculpas por ter enganado e arrastado todos vocês pra minha própria bagunça. — Levo as mãos até o coração, pois me dói saber que minhas mentiras não afetaram só a mim. — Esses problemas e medos eram meus, e eu não tinha o direito de prejudicar ninguém por causa deles, até porque nenhum de vocês tinha nada a ver com isso.

— E por que você resolveu confessar tudo assim, do nada?! — Felipe se levanta e pergunta, um pouco indignado.

Pelo visto, todos se questionam a mesma coisa, porque o burburinho recomeça, num misto de concordâncias e teorias. Tenho quase certeza de que até ouvi alguém dizer que menti porque estou morrendo.

— Recentemente, eu conheci alguém que me mostrou uma nova perspectiva de vida. — Sorrio para Nick. — Acima de tudo, ele me apresentou um amigo que nunca pensei que teria, um Pai que eu nem sabia que me amava e, pela primeira vez na vida, eu me senti acolhida. Descobri que Ele me aceita e me chama de filha, independentemente do meu passado ou do quão esquisita eu sou. Ele é alguém que prefere uma verdade feia a uma mentira perfeita. — Olho em direção ao céu para que não haja dúvidas sobre quem eu estou falando. — Alguém que prometeu que nunca me deixaria só.

Agora, meu choro não é mais consequência do fardo que carrego a vida toda e das lembranças do meu duro passado, mas, sim, um reflexo da esperança que invade meu coração quando penso Nele.

Nem eu mesma entendo. É como se um véu tivesse sido arrancado dos meus olhos, me permitindo enxergar a bagunça dentro de mim com clareza, e agora sei que necessito de um Salvador, de um Pai e de uma nova identidade.

— Estou contando tudo isso porque — digo e volto a olhar para frente — eu conheci a Verdade, e a Verdade me libertou.

Seco o rosto e me dou conta de que já me esvaziei por completo, revelei cada pedaço falso e constrangedor da minha vida. Não há mais nada oculto.

Alegro-me com a perspectiva de um futuro cheio de maravilhosas possibilidades. Pela primeira vez, não me sinto prisioneira das minhas mentiras. Tenho liberdade para ser quem eu sou.

— Obrigada por terem me ouvido e, mais uma vez, peço perdão por essa confusão — finalizo meu discurso com a sensação de que um peso enorme saiu dos meus ombros.

A diretora toma a frente quando não digo mais nada, e todos começam a se levantar e se dispersar, a maioria sendo arrastada pelos pais, que provavelmente querem ir para casa logo.

Sem descer do palco, meus olhos correm pela plateia em busca de rostos familiares.

Os primeiros que vejo são os de Isa, Carol e Diego, que me encaram com nojo e desprezo. Já Alice me lança um olhar mortal antes de se levantar e sair do auditório batendo os pés.

Minha avó sorri e me manda um beijo de longe. Ela se embanana toda para fazer um coração com as mãos e no fim, ele ainda sai torto.

E então eu o vejo.

Nick está em pé, parado em frente a sua cadeira, com orgulho estampado no rosto. O sorrisinho que amo aparece, e ele bate palmas silenciosas que apenas eu presto atenção suficiente para notar. Sorrio de volta, na tentativa de transmitir com um simples olhar toda a gratidão que tenho por ele.

Essa foi a coisa mais difícil que já fiz na vida, mas, ao mesmo tempo, a mais libertadora. Estou feliz e em paz comigo mesma. É a minha chance de recomeçar, e eu não vou desperdiçá-la.

Ao sair do auditório, sinto o olhar de todos sobre mim e até ouço alguns comentários maldosos.

Não vou permitir que eles me abalem

Ergo meu queixo e sigo em frente.

É como se agora nada fosse capaz de abalar a força que acabei de adquirir.

Já em casa, vovó surge na sala com uma lasanha que cheira maravilhosamente bem e a coloca na mesa.

— Sua comida preferida para comemorar seu recomeço.

Contemplo o rosto da minha avó, cansado e vivido. Esse tempo todo, fui tão egoísta com ela. Não valorizei a mulher que renunciou à própria vida, quando já era para estar descansando, para zelar por mim.

— Perdão, vózinha. — Levanto-me e a abraço. — Perdão por não dar o valor que a senhora merece, e muito obrigada por tudo. Eu te amo.

— Não se preocupa com isso, minha filha. — Ela começa a chorar. — Eu também te amo muito. — Passamos um tempo abraçadas.

Depois de jantar, entro no meu quarto e dou de cara com alguns presentes de Catarina espalhados pela cama. Um incômodo surge dentro de mim, como se algo estivesse errado.

Sei que ela cometeu muitos erros e que nada os justificam. O fato de ela ser muito nova e imatura na época em que engravidou de mim não é motivo para me abandonar, mas, da mesma forma, também não há nada que legitime os *meus* próprios erros. Talvez eu e ela não sejamos assim tão diferentes, porque ambas erramos, no fim das contas. A diferença é que, agora, está nas minhas mãos a oportunidade de consertar o que está quebrado. Será que devo dar a ela uma segunda chance?

Uma luzinha se ilumina na minha mente e eu compreendo meu sonho de ontem.

Diferente da primeira vez, Catarina veio até mim e tentou se aproximar, mas algo nos impediu de chegar perto uma da outra. Acredito que a coisa que nos afastou foi justamente o fato de eu não conseguir perdoá-la, de não esquecer o passado e olhar para frente.

Pego meu celular e encaro o contato de Catarina por alguns minutos antes de finalmente apertar o botão de chamada.

Minha perna balança mais a cada toque. Quando estou convencida de que ela não vai mais atender, o som de discagem para.

— Melissa? — Ouço a sua voz apreensiva. Pelo seu tom, ela não parece acreditar que sou eu mesma do outro lado.

— Oi — digo, enquanto tento engolir em seco o meu orgulho —, mãe.

EPÍLOGO.

✳ Três meses depois... ✳

As coisas mudaram um pouco após a minha revelação no auditório.

Desde que tomei a decisão de perdoar a minha mãe, nós estamos reconstruindo nosso relacionamento aos poucos. Conversamos com frequência e estamos até planejando minhas férias na Europa. Estou feliz porque vou revê-la, conhecer meus irmãos e, é claro, fazer minha primeira (e verdadeira) viagem internacional.

Finalmente!

Catarina me falou um pouco sobre o meu pai, e eu orei por ele em meu tempo devocional. Não quero mais carregar o peso da mágoa e do ressentimento no meu coração, por isso eu o perdoei e espero que ele seja feliz, onde quer que esteja, apesar de saber que provavelmente nunca vamos nos encontrar.

Já na escola, enfim posso usar a roupa que eu quiser sem me importar se estou estilosa o suficiente pro gosto dos riquinhos. Hoje mesmo, vim com um vestido florido e soltinho que combina com meu clássico tênis branco.

Todos os dias, pego o ônibus e paro no ponto mais próximo à escola, agradecendo a Deus por não precisar mais andar por vários minutos e chegar toda suada nos dias quentes — nunca mais vou passar por essa tortura!

No começo, ao me verem caminhar pelo corredor, meus colegas até faziam algumas piadinhas e deboches, mas, agora, todos já seguiram suas vidas, e eu sou apenas mais uma.

Nunca achei que ficaria tão feliz em passar despercebida.

A caminho da sala, paro no bebedouro para encher minha garrafinha e dou de cara com Isa, Carol e Diego, os únicos que ainda me alfinetam de vez em quando, mas apenas os ignoro. Eles fazem questão de demonstrar que não querem mais papo comigo, como se eu estivesse fazendo alguma questão disso.

De longe, flagro um aluno esbarrar em Alice e acidentalmente derrubar todas as coisas dela no chão. Em vez de ajudar, ele apenas começa a rir e vai embora.

Nunca contei a ninguém sobre a sua chantagem, mas, após a verdade ser revelada, ela perdeu a pouca popularidade que tinha, já que também perdi a minha e não pude mais enturmá-la.

Diferente de mim, Alice ainda sofre com isso e, desde o dia do evento beneficente, não falou mais comigo. Se é por raiva ou por vergonha, eu não sei, o fato é que, sempre que me aproximo, a criatura dá um jeito de evaporar.

Eu não sinto raiva dela e, para ser sincera, não acho que já tenha sentido algum dia. Sempre soube que ela só era uma garota tão desesperada por atenção quanto eu. Agora, minha vontade é de demonstrar compaixão e graça por ela, como Deus fez por mim, mas não tive a oportunidade, até agora.

Corro até Alice e me abaixo para ajudá-la a recolher seus pertences.

— Não precisa. — Ela dispensa a minha ajuda, no automático, sem nem conferir quem está na sua frente.

— Não é nada.

Alice se levanta num pulo, constrangida, quando reconhece minha voz. Sou obrigada a segurar o seu braço para que ela olhe para mim e não saia correndo.

— Alice, dá para parar de me evitar? — peço, cansada disso. — Vamos conversar.

— Eu não tô te evitando.

Faço uma cara que diz: "Você sabe que está."

Então, ela cede e abraça o corpo, mas sem olhar nos meus olhos.

— É que não sei como te encarar depois do que eu fiz, tá bom? E nem consigo entender por que você fez aquilo. Tudo isso só para viver assim? — indaga e aponta para mim com uma das mãos.

— Assim como? — Torço o nariz.

— Invisível! — explica, como se fosse óbvio. — Você abriu mão de uma vida perfeita e, para piorar, ainda me levou junto.

— Alice. — Suspiro, sem acreditar que, sabendo o que sabe, ainda assim ela é capaz de falar uma coisa dessas. — Pode até parecer que eu tinha uma vida perfeita, mas você, mais do que ninguém, sabe que eu não era nem um pouco feliz.

— E agora você é? — Solta uma risada debochada.

— Sim, e muito feliz.

— Mesmo sozinha?

— Eu nunca estou sozinha. — Não impeço o sorriso pleno que surge no meu rosto.

— Você tá falando igual ao Nick.

Nós duas nos encaramos por alguns segundos, cúmplices, e caímos na risada juntas.

Continuo a rir até Alice fingir uma tosse e colocar uma mecha de cabelo atrás da orelha.

— Ainda é difícil te entender, mas, de qualquer forma, me desculpa por ter te chantageado. — O pedido me pega de surpresa. — Sei que foi errado. Eu só queria que as coisas fossem diferentes para mim.

— Eu já te desculpei há muito tempo e, mais do que ninguém, entendo seus motivos. — Sorrio e apoio uma mão em seu ombro. — Só que também preciso te dizer que você está correndo atrás das coisas erradas e deveria rever o que é realmente importante na vida. Falo por experiência própria — aconselho, um pouco chocada com o quanto estou mesmo falando igual ao Nick.

Alice mantém os olhos fixos em mim, com um pequeno e quase imperceptível sorriso se formando nos seus lábios.

— Será que podemos recomeçar? — sugiro e estendo a mão para ela. — Oi, Alice! Você se lembra de mim? Fomos amigas de infância. — Enceno a surpresa de um reencontro.

— Huum. — Ela aperta minha mão e finge pensar um pouco. — Acho que lembro, sim.

Sorrimos uma pra outra, um tanto constrangidas, achando graça da situação.

CLAP! CLAP! CLAP!

Nós duas nos sobressaltamos, e logo nos viramos para ver quem foi o engraçadinho que nos deu um susto. Nick está encostado na parede, atrás de nós, com os ombros relaxados e a postura despreocupada.

— Que cena linda de se ver. — Ele enxuga uma lágrima falsa no canto do olho.

— Seu bobo. — Dou um soquinho de leve no braço dele.

— Deu para ser engraçadinho agora, é? — Alice não economiza no sarcasmo.

— Agora? — responde ele, fingindo afetação. — Sempre fui.

O sinal toca e abafa as nossas risadas. Se um desconhecido nos observasse de fora, nunca imaginaria o que passamos até aqui, talvez até pensasse que somos velhos amigos brincando no corredor da escola.

Alice se abaixa para terminar de catar suas coisas.

— Podem ir na frente. — diz ela quando eu e Nick tentamos ajudar. — Já alcanço vocês.

— Tem certeza? — ele pergunta, antes de se levantar, e ela confirma.

Sorrio para ela e entrego o estojo que tinha acabado de pegar.

Nós nos despedimos com um "até mais" enquanto Nick me ajuda a levantar. Como se não fosse nada, ele apoia o cotovelo no meu ombro e caminhamos até a sala.

Nossa amizade se fortaleceu ainda mais nos últimos meses. Ele perdeu aquela pose de sério e indiferente, o que me deixa bem feliz. É ótimo ver que ele se sente confortável para ser bobão e divertido perto de mim.

Tenho que admitir que minha quedinha por Nick não diminuiu, na verdade, só aumentou, mas eu a guardo só para mim.

Sei que ele não tem intenção de namorar tão cedo e não pretendo tentar fazê-lo mudar de ideia, prefiro simplesmente desfrutar da sua companhia. Inclusive, está tudo bem se ele nunca me olhar com outros olhos e me tratar só como uma amiga.

Nick já fez mais por mim do que qualquer um, e já estou satisfeita só por tê-lo por perto.

— A Ali disse que vai ficar na biblioteca depois da aula para estudar. — Franzo as sobrancelhas, sem entender o porquê da informação aleatória. — Quer carona para casa?

Nick sabia que a Alice andava me evitando, por isso não tem me dado carona para casa sempre, o clima no carro não seria nada agradável. Mas, toda vez que não precisa levá-la, ele se dispõe a me deixar em casa.

Quem sabe, se tudo correr bem a partir de hoje, ele não precise mais desse jogo de cintura e eu ganhe carona para casa todos os dias? Sonhar é de graça.

— Claro que não, prefiro mil vezes ir para casa a pé. — Em resposta ao meu sarcasmo, ele revira os olhos e ri.

— Espero você lá no estacionamento, então — avisa antes de entrar na sala e se sentar no lugar de sempre.

Nick estaciona em frente à minha casa, como é de costume, mas algo nele está diferente, ele parece... nervoso?

— Você vem buscar a gente mais tarde? — pergunto, prestes a descer do carro.

Nos últimos meses, eu, vovó e Nick temos ido juntos à igreja, e ele sempre nos dá carona.

— Sim! — Ele coça a garganta, porque a voz saiu um pouco alta e falha.

O que será que está acontecendo com ele?

— O culto começa às sete, então passo aqui lá pelas seis e meia, ok? — completa.

— Combinado. Até mais tarde. — Despeço-me normalmente e começo a descer do carro.

— Mel! — grita, e por pouco eu não caio na calçada.

Abro a boca para dar uma bronca nele por quase ter me causado um ataque e...

Espera aí.

Ele me chamou de Mel?

Chamou, sim!

Eu ouvi isso mesmo: pela primeira vez, Nick me chamou pelo meu apelido.

Todo esse tempo foi só "Melissa isso", "Melissa aquilo", nunca Mel.

Meu coração erra uma batida, e não é mais pelo susto. Sei que parece uma coisa boba e sem importância, mas a minha mente romântica não consegue evitar dar a esse gesto um grande significado.

Ajeito-me no banco do carona e fecho a porta. Ainda sinto as borboletas no meu estômago. Só que ele parece ficar cada vez mais nervoso.

— O que houve? Você tá bem? — questiono, já preocupada.

— É que... Eu... Você — Ele esfrega as mãos na calça para secar o suor.

Será que ele quer dizer o que estou pensando que ele quer dizer ou quer dizer algo completamente diferente do que estou pensando que ele quer dizer?

Ai, meu Deus, o que foi isso? Agora quem está nervosa sou eu.

— Mel — Nick gira de repente no banco. — Você sabe que eu não tinha intenção de conhecer ninguém quando vim para cá, né?

— Conhecer? — Enrugo a testa, perdida. — Como assim?

— Eu não queria *namorar* ninguém.

Respira, Melissa. RESPIRA!

— Sim. — Agora é a minha voz que sai falhada. — Você até deu o maior fora na Isa e na Carol — tento brincar para disfarçar o meu próprio nervosismo.

— É. — Ele solta uma risada nervosa. — Foi mesmo.

Um silêncio constrangedor se instaura no carro. Não encontro palavras adequadas para esse momento. E se eu tiver interpretado errado a situação toda e pagar um micão por falar alguma coisa nada a ver?

— Mas — ele fala primeiro, e checo discretamente se dá para notar as batidas descontroladas do meu coração. — Depois que te conheci, vi que a gente tem um monte de coisa em comum e uma história parecida e você é uma garota incrível e muito divertida e a gente tem ido à igreja juntos e...

— Calma! — Acho graça da tagarelice e do excesso de "e". — Respira.

Nick relaxa um pouco quando começamos a rir.

Tenho que seguir o meu próprio conselho, porque ele está perigosamente fofo nesse momento.

— Juro que, no início, eu só queria te ajudar e não tinha nenhuma intenção de começar a sentir algo por você, só que — confessa, enquanto encara o fundo dos meus olhos — chegou um ponto em que não consegui mais controlar.

Isso não pode ser real. Dou um beliscão na minha própria coxa e a dor me confirma que não é um sonho.

Ele se vira um instante e tenta alcançar alguma coisa no banco de trás.

Um buquê!

Nick me entrega um lindo buquê de margaridas brancas.

Meu Deus, é como se eu estivesse em um filme. Não! Em um livro. Melhor: no meu conto de fadas real.

— Eu falei com sua avó e até liguei pra sua mãe, na semana passada, e as duas me deram permissão para falar com você.

— Nick... — Meus olhos marejam.

— Mel. — Com um sorrisinho irresistível no rosto, Nick segura a mão que acabei de usar para me beliscar e a leva até os lábios, depositando ali um beijo que faz um arrepio correr pelo meu corpo inteiro. — Você quer namorar comigo?

A felicidade é tanta que não consigo me controlar e jogo os meus braços em volta do seu pescoço, envolvendo-o no abraço que eu já queria dar há muito tempo. Com o susto, ele fica paralisado, mas em seguida relaxa e abraça a minha cintura, retribuindo o gesto. Ficamos assim por alguns segundos, até que ele se afasta um pouco.

— Isso foi um sim? — indaga, com o meu sorriso favorito no mundo estampado em seu rosto.

Balanço a cabeça freneticamente para cima e para baixo.

Sim! Claro! Óbvio!

Nick dá uma risadinha, mas, quando me encara, ele fica um tanto sério.

Será que fiz algo de errado?

Instintivamente, umedeço os meus lábios. Ele percebe o movimento e desce os olhos pra minha boca.

Sem avançar mais nem um centímetro, Nick levanta a cabeça e respira fundo, mas logo a abaixa, dessa vez sustentando o olhar no meu.

Seu polegar toca a minha bochecha e acaricia o local; seus dedos encontrando a minha nuca. Aos poucos, ele se aproxima e gentilmente toca os meus lábios com os seus.

Jamais conseguiria idealizar um primeiro beijo mais perfeito que esse.

Porque é com *ele*.

Nick encosta a testa na minha. Nós começamos a rir juntos, como dois bobos apaixonados.

— Até mais tarde, namorada. — Ele se despede.

— Até mais, namorado. — Cubro o rosto, envergonhada.

Entro em casa correndo e me jogo na cama, ainda boba.

Não acredito em tudo que aconteceu comigo nesses últimos meses. Juro que, se no início do ano alguém me dissesse que a minha vida teria essa reviravolta, eu com certeza cairia na risada.

Sento-me e contemplo o céu, cheia de gratidão dentro de mim.

— Obrigada, Deus. Por tudo. Até pela chantagem da Alice, que virou minha vida de ponta-cabeça. — Rio sozinha. — Por ter colocado o Nick no meu caminho e, principalmente, por ter me dado o privilégio de conhecer a Verdade.

NOTA DA AUTORA

Mesmo que ninguém tenha perguntado, vim explicar como a Mel e o Nick nasceram.

Sou filha de pastor e cresci pressionada a ser sempre perfeita. Sentia que precisava manter as aparências a todo custo, pois era o que todos esperavam de mim. Só que, por dentro, minha alma sofria. Por mais que nunca tenha me desviado do Evangelho, alguns conflitos e pecados fizeram com que eu me sentisse sufocada por saber que vivia uma mentira. Em várias orações, pedi a Deus para ser aquela garota perfeita que todos achavam que eu era e chorei de angústia por não querer mais mentir. Constantemente, eu sentia medo de ser desmascarada e da vergonha que passaria se isso acontecesse. Foi assim que vivi por muito, muito tempo.

Em meio a isso, comecei a namorar, casei com o amor da minha vida, concluí a faculdade de Direito e tive uma filha. Aos olhos dos outros, era um exemplo de cristã: a filha perfeita, a esposa dedicada, a mãe sábia, mas, dentro de mim, eu não sabia quem era, apenas seguia com maestria o roteiro que havia criado.

Não me entenda mal, amo a história que construí e sei que, em Sua misericórdia, Deus sempre teve um plano para a minha vida, tudo o que tenho é fruto da permissão Dele. Porém, até os 26 anos, eu sentia que era apenas a filha dos meus pais, a esposa do meu marido e a mãe da minha filha, nada mais.

Até que, um dia, a venda que eu achava que já não existia finalmente caiu dos meus olhos. Ouvi o irresistível chamado do Espírito e me entreguei de verdade a Ele.

Não tem coisa mais incrível no mundo do que ser preenchida e acolhida, entendendo que fui criada à imagem e semelhança do Senhor, que nasci para ser serva do Altíssimo, que sou gerada pelas mãos do Criador, e que Ele teve a bondade de me dar um propósito lindo na Terra.

Eu encontrei a Verdade, e a Verdade me libertou de mim mesma.

Há um pedacinho de mim nos protagonistas desta história: a perfeição falsa e inalcançável que a Mel busca; as mentiras contadas por ela para se sentir pertencente a algum lugar; o engano de achar que é mais fácil viver uma vida falsa, mesmo que isso só lhe sufoque aos poucos; a vergonha que o Nick sentiu em relação ao seu erro; o fato de ele ter crescido na igreja, mas ter apenas "esquentado o banco" por muito tempo.

Eles são um pouquinho de mim, e talvez também sejam um pouquinho de você. Espero que, assim como o Nick, a Mel e eu, você escolha encarar e encontrar a Verdade.

AGRADECIMENTOS

Primeiramente, eu não poderia deixar de começar os meus agradecimentos atribuindo toda a honra e toda a glória ao meu Senhor Jesus. Sem Ele, nada disso seria possível. Senhor, tudo o que há de bom em mim vem de Ti, e tenho certeza de que todas as dificuldades que me permitiu enfrentar foram necessárias para que eu estivesse aqui hoje. Obrigada pela Sua misericórdia e cuidado em cada detalhe, por não ter desistido de mim e por ter me chamado de filha. Obrigada pelo dom lindíssimo e pela missão que o Senhor me deu. Mais uma vez, prometo segui-la pelo resto da minha vida. Eu Te amo, meu melhor amigo!

Moisés, meu mozi e inspiração para a criação do Nick, coloquei vários pedacinhos seus nele: o jeito indiferente e morde e assopra, a convicção de que *Space Jam* é o melhor filme já feito, as habilidades de desenho, o fato de você ter me mostrado o quanto eu sou especial do jeitinho que sou e, principalmente, no quanto você contribui para o meu relacionamento com Deus. Você é o meu primeiro e único amor. Obrigada por dar o aval em cada fala do Nick, dizendo: "Eu com certeza falaria isso!" Agradeço do fundo do meu coração por seu apoio e suporte, por sempre acreditar em mim, por me ouvir tagarelar sobre a história por horas a fio e pela paciência durante as minhas ausências. Sem você, eu não estaria aqui hoje. Amo você, meu amor!

Elizabeth, minha loirinha dos olhos azuis, a responsável por me dar o título de mãe, a pessoa que me fez amadurecer e que teve uma grande participação na minha verdadeira entrega a Jesus. Minha vida é muito mais completa e divertida com você. Espero que na sua adolescência você tenha mais livros assim para edificar sua vida e que nunca se afaste da Verdade. Obrigada pela paciência e por ser esse serzinho tão iluminado. Eu te amo, minha filha!

Mãe e pai, vocês me apoiaram desde o dia em que eu disse que ia engavetar minha carteira da OAB para seguir o meu chamado. Obrigada por não surtarem e por compreenderem a missão que Deus me deu. Quero agradecer, principalmente, por terem me criado nos caminhos do Senhor, por todas as vezes que se ajoelharam para interceder por mim, pela sabedoria e pelos conselhos, que me ajudaram a nunca me desviar e a ser quem sou hoje. Essa foi, sem dúvida, a maior herança que me deram. Amo o senhor, pai! Amo a senhora, mãe!

Obrigada a toda a equipe da Thomas Nelson Brasil, em especial a minha editora, Brunna Prado, por ter me encontrado em meio à multidão e por ter acreditado em mim e nesta história. Não tenho palavras para descrever o que significa estar numa casa editorial como a TNB. Eu juro que nem nos meus maiores devaneios achei que isso fosse acontecer. É por isso que sempre digo que creio no Deus do impossível.

Camila Antunes, além de ser a maravilhosa diagramadora das versões independentes deste livro, você é uma grande inspiração. *Deixa nevar* foi o primeiro livro de ficção cristã que eu li na vida e me deu muita força para continuar escrevendo. Então, imagina só como está meu coração agora que somos colegas de editora e, o mais importante, amigas. Como eu já te disse, você foi um presentinho de Deus para mim. Obrigada pelas suas orações, por me ouvir, pelo incentivo e pelas palavras de fé, pelas broncas quando estou surtando e por se alegrar a cada conquista minha.

Becca Mackenzie, você foi uma enorme surpresa em minha vida, e eu ainda nem acredito que nos tornamos amigas. Te via como um daqueles seres inalcançáveis que a gente só admira pelo Insta, e agora saímos para tomar um café superfaturado sempre que dá. Confesso que já tinha perdido a esperança de ter uma amiga que não fosse virtual, mas Deus não cansa de me surpreender. Assim como disse para a Mila, obrigada pelas suas orações e palavras de fé, por me ouvir, pelo incentivo, pelas broncas quando estou surtando e por se alegrar a cada conquista minha. E, ah! Sem você, a qualidade da escrita deste livro não teria sido a mesma!

Camilla Bastos, eu não sei como você me suporta, amiga! Obrigada por me apresentar o eneagrama e por ler cada textão que mando pedindo ajuda. Agradeço também todo o incentivo e por se alegrar comigo.

Carol Larrúbia, a melhor revisora do mundo! Obrigada por ter entrado na minha vida e por todos os nossos áudios comprometedores.

Nanná, obrigada pela sua amizade e por ouvir todos os meus surtos enquanto a versão física desta história nascia.

Juliana Wannzeller, obrigada por todas as dicas, conselhos, incentivos e torcida. Sem você, eu não saberia por onde começar.

Vanessa Lins, obrigada por todas as orações que fazia sem que eu nem precisasse pedir.

Vivian, minha amiga, que estava aqui quando tudo ainda era mato e leu várias e várias versões dessa história — além de ter se autointitulado a fã número 1 do Nick —, obrigada por ter aguentado meus surtos e apoiado tanto a conclusão deste livro!

Thaís Oliveira, obrigada por ter dado uma chance quando este livro ainda era desconhecido e ter se empenhado tanto para que mais pessoas o conhecessem. Obrigada por endossar a versão independente e pelo carinho imenso que eu sei que você tem por esta história.

Obrigada a todas que fizeram esse livro nascer lá no início de tudo: Carlinha, minha eterna leitora crítica; Camila Peixoto e Milene, minhas queridas betas. Obrigada a todos os parceiros no Insta e a todos que, de alguma forma, fizeram isso acontecer.

E, por fim, mas de maneira alguma menos importante, agradeço a você, leitor incrível, que chegou até aqui e gostou tanto deste livro quanto eu. Espero que tenha visto Jesus em cada linha e que tenha sido edificado. Sem você, nada disso seria possível. Lembre-se sempre de que Jesus é o único a quem você deve se moldar e que Ele te aceita independentemente do seu passado. Você pode não ter sido suficiente para ninguém nesse mundo, mas é precioso para Ele. Obrigada por terem lido, amigos!!

SOBRE A AUTORA

Thamires é uma carioca com alma baiana que, apesar de ser advogada de formação, engavetou a carteira da OAB para cumprir seu chamado missionário escrevendo ficção cristã. Apaixonada por clichês adolescentes, sua missão é contar histórias que apontem para Cristo de forma leve e divertida. *Encarando a verdade* foi apenas a primeira delas. Atualmente, vive em Brasília com o marido e a filha.

Este livro foi impresso em papel pólen bold 70 g/m² pela Braspor para a Thomas Nelson Brasil, em um dia tão tranquilo quanto as "férias em Nova York" de Melissa. Durante a produção, todos os segredos foram bem guardados — pelo menos até a Alice chegar.